「這是……什麼？」
王者的求婚
極彩魔女

「向吾宣誓恭順。
——吾願收汝為新娘。」
久遠崎彩禍
——世界最強的魔女，同時也是魔術師培育機構〈空隙庭園〉的學園長。

「身為女人，有時即使知道行不通，還是必須硬著頭皮戰鬥……！」
「請大家多多指教。」
不夜城瑠璃
——彩禍直轄機構〈騎士團〉成員。
深愛著彩禍與哥哥無色的〈庭園〉學生。

「彩禍大人從明日起——將以學生身分在這間學園上課。」
「吵死了，等一下再說。」
「看來我應該不需要手下留情吧……？」
安維耶特・斯凡納
——〈騎士團〉成員。是騎士，也是一名喜歡向彩禍挑釁的〈庭園〉教師。
烏丸黑衣
——彩禍的侍從。〈庭園〉內唯一知道彩禍死亡的人。
艾爾露卡・弗烈拉
——〈騎士團〉成員。醫療部的負責人，是〈庭園〉中僅次於彩禍的元老級魔術師。

「那個，黑衣？請問這是……」
玖珂無色
——繼承彩禍的身體與力量的少年。

「請安靜，不然我手會抖。
——不，應該說嘴會抖。」

CONTENTS

King Propose
brilliant colors witch

王者的求婚 1

極彩魔女

橘公司
Koushi Tachibana

Kadokawa Fantastic Novels

彩頁／內文插畫　つなこ

王者的求婚

極彩魔女

無論健康或生病，

無論喜悅或悲傷，

無論富有或貧窮，

就連死亡也不能將我們分開。

——因此我決定將一切託付給你。

King Propose
brilliant colors witch

✧序章　初戀

——他的初戀是一具屍體。

「——」

粗重的呼吸伴隨著心跳。

玖珂無色無法理解盤踞在自己心中的是什麼情緒，只能呆站在原地。

無色既非獵奇殺人犯，也非屍體愛好者。

他至今從未殺人，也不曾蒐集屍體的照片。嚴格說來，他和一般人一樣，對這類事物感到忌諱排斥。

然而現在，他卻無法將視線從眼前「那幅景象」移開。

那是個——仰躺在地、渾身鮮血的少女。

年紀大約十六七歲。

她臉上仍帶著些許稚氣，卻也散發些許女人味。

在街燈照耀下，有著一頭既像金色又像銀色的閃亮長髮。

緊閉的眼瞼使人無從得知她的眸色，但反而讓她端正的鼻梁和美麗的雙脣更加鮮明，襯托出超凡脫俗猶如陶瓷娃娃的美。

胸前滲出的鮮血恰似一簇紅玫瑰，為她的容顏增添了色彩，那片鮮血如今仍在緩慢向外擴散。

那景象……

既淒慘……

殘酷……

又獵奇——

卻也美得令人眩目。

啊，沒錯，已經無庸置疑。

這一定是無色生平第一次——

——他愛上了這名少女。

「……………………你、是——」

序章
初戀

「……！」

隔了一會。

一道微弱的聲音讓茫然佇立的無色回過神來。

沒錯，倒在地上的少女斷斷續續地開口說話。

——她還活著。

無色為自己妄下定論感到慚愧。

更為她一息尚存深深鬆了口氣。

「妳還好嗎？發生什麼事了？」

無色顫抖著肩膀在她身旁跪下，試圖呼喚她。

他仍搞不清楚狀況，腦中一片混亂。

但想幫助這名少女的使命感讓他得以勉強保持冷靜。

少女微微睜開雙眼。

那雙映出繽紛色彩的奇幻眼眸緩緩打量起無色。

「……呼、呼——原來如此……真沒想到……

啊……不過，也好……還好最後……出現在我眼前的……是你……」

「咦……？」

無色不明白少女話中的含意，臉上浮現困惑神色。

可能是失血過多導致意識不清吧？會胡言亂語也很正常。少女得趕緊接受急救。

然而這附近沒有醫療器材，無色也不懂醫療知識。而且從剛才電話就不通，想叫救護車也沒辦法。

看來無色只能扛著她去醫院了。

但在這個「變了樣的世界」，他到底該去哪裡才好？

「——！」

這時，身後微微傳來腳步聲，無色立刻抬起頭。

雖然不知道對方是誰，但真是萬幸。現在無論要採取什麼行動，光靠無色一個人都不夠。他正想回頭尋求幫助——

沒想到……

「……！糟了。快逃——」

「——啊——」

少女話還沒說完，下個瞬間。

無色的胸口感受到一陣灼熱痛楚，呆愣地叫出聲來。

他低頭望向胸口。那裡開出了一朵和少女一樣的紅花。

序章

初戀

他這才明白。

——自己的胸口被身後那個人刺穿。

「唔、啊……」

當他意識到這點時，身體已無法活動自如。

視野忽明忽暗，手腳也開始發麻。

唯獨劇痛支配了全身，連呼吸都變得窘迫。

無色難以維持站姿，雙腳一軟倒在少女身旁。

「…………」

他從腳步聲聽出刺殺自己的人正在遠離。

但現在的他別說追犯人了，就連確認犯人是誰都有困難。

喉頭湧出一口血，沿著臉頰流向地面。

被劇痛摧殘的意識逐漸朦朧。

觸覺像被罩了一層膜，味覺消失，嗅覺變鈍，視野模糊。

然而在這曖昧的感知中，他仍能隱約察覺到正在發生的事。

躺在旁邊的少女用最後一絲力氣爬過來，整個人趴在無色身上。

「……抱歉，把你……拖下水。

但是……事已至此，也沒辦法了。只能請你……陪我走完這一程——」

少女說完，用手扶著無色的臉——

接著將雙唇疊在無色的唇上。

「——」

少女的血與自己的血。

悲慘的初吻混合了兩種血的味道。

然而，身體逐漸麻木的無色對此沒有太大的反應。

就在意識即將喪失之際。

最後殘存的聽覺捕捉到少女的呢喃。

「——我的世界，就託付給你了——」

✦第一章　融合

「嗯……唔……」

無色在一張有頂篷的豪華床鋪上醒來。

他眨了眨眼後環顧四周。

這是個寬敞的房間，牆邊擺著復古風的櫃子與衣櫥，枕邊則放著略有情調的照明設備。

從窗簾縫隙照射進來的陽光，在鋪著高級地毯的地板上形成一道閃亮線條。

在雅致的臥房裡舒暢地醒來，這是多麼優雅的一件事。

問題是——他對眼前的景象一點印象都沒有。

「這裡是……」

他喃喃自語。剛起床還有點耳鳴，連自己的聲音都聽不清楚。

無色滿頭問號，開始動腦思考。

——他是玖珂無色，今年十七歲，是個住在東京都櫻條市的高中生。這些他都記得。

睡著之前最後的記憶……是在回家途中。

對了，無色當時正準備從學校走回家。既然在這兒醒來，就代表他在回家途中發生了什麼事。

……難道他被綁架了？出車禍上天堂了？還是喝個爛醉，和陌生女子共度了一夜？……每種聽起來都不真實。

所以他或許還在作夢吧？

無色意識朦朧地捏了捏自己的臉，不怎麼痛，但他分不清這是因為真的在作夢還是手指使不上力。

無論如何，總不能一直待在這裡。

無色下了床，穿上床邊的拖鞋，腳步搖搖晃晃地開門走出房間。

結果——

「咦……？」

無色不禁睜大雙眼。

他一走出房門，彷彿瞬間移動般，四周的景色為之一變。

頭頂上是太陽與藍天，腳下是筆直延伸的路面，道路之間可以看見噴水池和行道樹，勉強有些自然景觀。道路前方有一棟雄偉華麗的建築，宛如安坐在寶座上的國王，泰然聳立。

眼前的景色和無色所知的「學校」大相逕庭，卻莫名散發出一股學校的風情。

這突如其來的狀況讓無色困惑不已，忍不住回頭。

自己剛才待的臥房已然消失無蹤。

他無法理解到底發生了什麼事，用手扶住暈眩的腦袋。

「……我果然是在作夢？」

不過看來他沒辦法繼續待在原地苦思了。

原因很簡單。因為這裡和剛才的房間不同，不時會有路人經過。

那些少年少女穿著相同的制服，似乎是學生，一同朝著前方那座巨型建築走去。

其中有幾個人看見無色突然出現，訝異地停下腳步，瞪大眼睛。

「啊——」

他們的反應很正常。看見一個人憑空出現，當然會驚訝……不過最驚訝的無疑還是無色本人。

總之，他得趕緊向那些人解釋自己不是可疑人士，問問這兒是什麼地方。

他轉向離自己最近的女學生。

「那個——」

對方並沒有聽他把話說完，就逕自說道：

「——早安，『魔女大人』。」

女學生畢恭畢敬地鞠了個躬，向他打招呼。

「……咦？」

這意料之外的反應令他瞠目。

接著周圍其他學生也遠遠地朝他點頭致意。

「早安。」

「您好，魔女大人。」

「您今天也很美呢。」

「…………？」

無色聽見學生們的話語，目瞪口呆地佇立在原地。

不，不只學生。後方走來一名看似教師的壯年男性。

「早安，學園長。」

連他也恭敬地向無色問好。

——魔女大人。

——學園長。

這些陌生的稱呼更令無色感到納悶。

他可以肯定自己至今從未被人這樣叫過。

而且，這兩個頭銜都不適合用來指稱無色這樣的男高中生。

「……嗯？」

此時。

無色在困惑之中不經意低頭望向自己的身體——才發現一件事。

他看不見自己的腳。

正確來說，是眼睛和腳之間有個障礙物阻擋了他的視線。

「這是……什麼？」

胸前有個陌生的隆起物。

無色思索了一會後，緩緩地用雙手觸碰那片隆起。

「嗯……？」

手部隨即有股柔軟的觸感。

同時胸部也產生些許酥麻的感受。

「這、這是……」

很明顯不是人工的。

這片柔軟的東西就「長在」無色身上。

而且觸摸胸部的手掌和手指也比他記憶中更白、更細。

「…………」

無色在腦中整合這一連串資訊後，衝了出去。

他跑到道路中央的噴水池前，探頭望向水面。

映在水面上的「自己」令他啞然無語。

這是當然的，因為水面上那張臉並非熟悉的男高中生——

而是一名有著五彩雙眸的長髮美少女。

「——」

對，沒錯，無庸置疑。

無色如今「變成了一個女孩」。

即使退一萬步說，他也搞不懂這是什麼情況。醒來後發生了一件又一件不可思議的事，這是其中最誇張的，就算是夢也荒唐過了頭。

然而——更正確來說。

無色之所以失語，並不僅僅因為自己變成了一名少女。

而是為了一個更單純、更羅曼蒂克、更愚蠢的理由。

他和希臘神話中的納西瑟斯一樣，迷上了水面上的「自己」。

他下意識摸了摸自己的臉。

撲通、撲通，心臟跳得越來越大聲。

透過視覺接收到的資訊蹂躪著他的大腦。

那是一股令人難以置信、令人恐懼——卻又甜蜜的情感。

少女長得很漂亮。細長的雙眸、端正的鼻梁、水潤的雙唇，這些部件全都以奇蹟般的比例排列，說是極致的藝術品也不為過。

不只如此。

光是這樣還不足以說明無色內心翻騰的情感。

啊，他終於明白了，內心生起莫名的感慨和確信。

——先賢們肯定是為了表達這股難以言喻的情感洪流，才創造了「戀愛」這個詞。

「妳是……不，我是……？」

無色呆愣地嘟噥完，微微倒抽口氣。

見到那張臉的瞬間，以此為起點，他失去的記憶再度甦醒過來。

對了，他見過這名少女。

怎麼會忘了呢？明明失去意識前才剛與對方邂逅。

與這名胸前開著血紅花朵的少女邂逅——

「——原來你在這兒啊。」

此時。

無色身後傳來銀鈴般的話語聲，他詫異地抬起頭。

「咦……？」

回頭一看，那裡不知何時站著一名少女。

她有一頭往後綁起的黑色短髮，身穿黑衣，望著無色的眼睛也宛如黑曜石般黑而帶有光澤。

「……妳說我嗎？」

無色指著自己說完，少女像是察覺到什麼，但仍面不改色地接著說：

「抱歉，看來你們並未共享記憶。可能當時情況太過危急了吧？

——我叫烏丸黑衣，是你『現在這副軀體』的侍從。主人為防萬一，交代過我如何應付這樣的情況。」

少女語畢，恭敬地行禮。

無色激動地轉向她。

「……！妳知道些什麼嗎？請告訴我，這個女生到底是誰？」

聽見無色這麼問，自稱黑衣的少女微微點頭後答道：

「這位是久遠崎彩禍大人——是世上最強的魔術師。」

「這——」

這令人震驚的事實讓無色不由得睜大眼睛。

他心中湧起一股衝動，不小心說出了真心話。

「這名字……真好聽——」

「…………啊？」

「咦？」

黑衣與無色雙方都露出疑惑的神情，歪著頭面面相覷。

◇

兩人在噴水池前相遇後，過了大約二十分鐘。

黑衣帶著無色進入道路盡頭那座高聳的建築——中央校舍之中。

這是位於頂樓的房間，門口寫著「學園長室」。這個房間十分寬敞，房內擺著現代化的裝置，但靠牆的書櫃上塞滿了古老的書籍，四周也散亂著老舊物品，給人紛雜的印象。

無色在房內說明自己的經歷——

並且坐在全身鏡前，任由黑衣站在身後為他細心地梳頭。

因為黑衣說不能讓他頂著一頭睡亂的頭髮在外走動。

「——原來如此。你在放學途中誤闖進一個奇妙的空間，在那裡遇見渾身是血的彩禍大人。接著被不明人士襲擊，失去意識，醒來就到了這裡——」

黑衣複述無色說過的話，無色輕輕應了聲「對」。

「那個奇妙的空間具體來說長怎樣？」

「呃……該怎麼說呢？裡頭有許多高樓大廈，就像迷宮一樣……」

無色比手畫腳地說完，黑衣微微皺眉。

「……第四顯現——對方果然是魔術師……但能變出那種空間的人……」

「咦？」

「沒事。謝謝你，我了解大致情況了。」

黑衣搖搖頭含糊帶過，將手中的梳子放在桌上，用荷葉邊緞帶綁起無色的頭髮。

鏡中的美少女變得更加秀麗。無色陶醉地嘆了口氣。

「好美……簡直不像我自己……」
「的確不是你。」
「是沒錯啦。」
無色轉動椅子，面向黑衣。
「那麼……烏丸小姐。」
「叫我黑衣就好。你用那張臉叫我小姐，會讓我很不舒服。」
「…………」
無色對於這對主僕的關係略感憂心，但仍繼續說下去。
「好，那麼黑衣，我也有問題想問妳……」
「好的，你會困惑也很正常，儘管問吧。只要是我答得出來的，我都會告訴你。」
黑衣點點頭，鼓勵他發問。
無色一臉「那我就不客氣了」的表情問道：
「這個女生……叫彩禍對吧？」
「是的。」
「請問彩禍小姐喜歡怎樣的男生呢……？」
「…………什麼？」

無色有些害臊地說完，黑衣面無表情地歪過頭。

「啊，是不是一下子問得太深入了？那先問一下她喜歡吃什麼好了……」

「不，不是這種問題。」

黑衣將頭擺正，盯著無色的眼睛說：

「這是一開始該問的問題嗎？你應該還有其他好奇的事吧？」

「當然有……咦，但我真的可以問嗎？那些事應該是祕密吧……」

「都這樣了，你還在客氣什麼？請大方提問。我也希望你能盡快掌握現在的狀況。」

「那、那我就不客氣了……」

無色清了清喉嚨，紅著臉說出心中的疑問。

「呃，請問彩禍小姐的三圍是……」

「就說不要問這種問題了。」

黑衣厲聲打斷無色的話。

「奇怪？你是笨蛋嗎？還是說其實是彩禍大人在跟我開玩笑？應該有其他該問的問題吧？像是你為何在這裡，或是你為何會變成彩禍大人之類。」

「啊，說的也是。請說明一下！這到底是怎麼回事？」

「…………」

聽見無色終於順從地提問，黑衣微微皺起眉頭說：

「我就按照順序一一說明吧——如同剛才所言，這位是久遠崎彩禍大人。她是世上最強的魔術師，也是魔術師培育機構〈空隙庭園〉的學園長。」

「是，每次聽都覺得這名字真是惹人憐愛……」

「……我比較希望你將重點放在『魔術師』這個關鍵字上。」

「啊，抱歉。」

這麼說來，這個詞的確令人在意。無色乖乖道歉。

「魔術師是那種……唸了咒語就能射出火焰，或幫夥伴回復的人嗎？」

「你的描述很抽象，而且是好幾個世代前的形象，但並沒有錯。」

「世上真的有這種人嗎？」

「你身上不就實際發生了超乎常理的事嗎？」

「……的確。」

無色微微點頭同意黑衣的話。這就是所謂的事實勝於雄辯。

如果沒有超自然力量介入，確實難以解釋無色為何會變成這個名叫彩禍的少女。

「我知道你一定很困惑，但請將『世上有魔術』當作前提，聆聽我接下來的說明。」

「好的……所以我的身體到底怎麼了？」

無色表情凝重地說完，黑衣豎起一根手指敲了敲他的胸口說：

「就結論來說——你和彩禍大人目前是合體的狀態。」

「什……妳、妳的意思是……！」

「會慌張很正常，請先冷靜下來——」

「這種事應該要結婚之後才能做吧……？」

黑衣不悅地瞇起眼睛，像是在看什麼髒東西似的望著無色。

「就算你現在是彩禍大人的臉，再這樣下去我真的要揍你嘍。」

「對不起，這個詞對我來說實在太刺激了……」

無色難為情地縮起肩膀，黑衣冷靜下來繼續說道：

「你是無色先生對吧？依你所言，彩禍大人昨晚身受重傷倒在路旁。這樣聽起來她應該是被人襲擊了。」

「是的……妳想得到犯人是誰嗎？」

「想不到。」

「意思是彩禍小姐不是個會遭人怨恨的人？」

「不，恨她的人多如繁星。」

「…………」

聽見黑衣斬釘截鐵這麼說，無色流下冷汗。

黑衣接著說了聲「不過」。

「——在這世上不可能有人殺得死世界最強的魔術師，極彩魔女久遠崎彩禍。」

「——」

她的語氣冷靜卻又飽含強烈情感，令無色不由得屏息。

「失禮了，我們繼續吧。」

黑衣察覺到無色的反應，稍微清了清喉嚨。

「依我猜想——襲擊彩禍大人和襲擊你的人，應該是同一個人。」

「對……我也這麼想。」

無色回想起當時的情況。

犯人趁他趕到渾身是血的彩禍身邊時，對他痛下殺手。

他雖未看見犯人的臉，但自己身上的傷和彩禍的傷非常類似。

「彩禍大人和你當時都在生死邊緣徘徊，再這樣下去兩位都會死——於是彩禍大人便運用殘餘的力量施展最後的魔術。」

「她最後的魔術……是什麼？」

無色說完，黑衣豎起右手和左手食指，將兩指緩緩併在一起。

「融合術式，也就是單純的加法。若什麼都不做，你們兩人都會死，那麼還不如讓一個人活下來。

０・５＋０・５＝１。

──彩禍大人將瀕死的自己和瀕死的你融合，作為同一個生命體存續下去。」

「融合──」

聽完黑衣的話。

無色下意識摸了摸自己──雖然不知道這麼說是否正確──的臉，愣愣地說了一聲。

「是的，所以我簡單扼要地以『合體』這個詞來形容。」

「……可是我在這副身體上找不到任何一點自己的特徵……」

「可能是因為彩禍大人身上的傷口比較淺，或者和潛伏在她身體裡的內在魔力量有關──總之現在這副軀體是以彩禍大人為基底。

不過請你放心，這並不代表你的身體被吞噬，只是你的特徵被隱藏在內部而已。我想你的肉體應該被用來修補彩禍大人傷痕累累的身體了。」

「咦，這麼──」

「我明白你很震驚，但請先聽我把話說完──」

「這麼榮幸的事，真的可以發生在我身上嗎……？」

「請不要再說這種話了。虧我還顧慮了一下你的心情，你這樣會顯得我很愚蠢。」

黑衣冷冷地望著無色。無色覺得這樣的要求有些不講理，但還是老實地道了歉。

「……這副身體看來確實是彩禍大人，不過——意識完完全全屬於無色先生你對吧？」

「啊……」

無色聞言，訝異得忘了呼吸。

她說得沒錯。

如果無色和彩禍互換了意識——世上某處就存在著一個同時具有無色身體和彩禍意識的人。

如果無色的身體幻化成了彩禍的外表——正常的彩禍就仍獨立存在。

然而，如果像黑衣說的，瀕死的無色和彩禍互補性命、融合成同一個人，藉此存續下去，就有一項不可或缺的條件。

「彩禍小姐的意識……她的心去哪裡了……？」

無色聲音顫抖著問完，黑衣沉默了一會後，緩緩搖頭。

「我不知道。也許沉睡在你的身體深處，也許變成遊魂飄蕩在某處，又或者——」

黑衣說到這裡便打住。

儘管那只是一個可能性，黑衣還是不忍說出口。無色也不敢再追問下去。

「……總之，現在先來談談今後的計畫吧——情況十分緊急，說是世界最大的危機也不為過。」

黑衣一臉嚴肅地說。

聽見她說得如此誇張，無色不禁歪過頭。

「世界……？呃，這麼說也沒錯啦，像彩禍小姐這樣的美少女消失不見，確實是世界的一大損失……」

此時——

「……咦？」

無色話說到一半，校舍內忽然警鈴大作。

與此同時，一道悠哉的女聲透過擴音器傳來。

『——騎士艾爾露卡・弗烈拉廣播。已發現滅亡因子，等級推定為災害級至戰爭級，可逆討滅期間為二十四小時，由騎士安維耶特・斯凡納負責應對。其他人也別放鬆警戒。』

「……？這是什麼廣播？」

「——嗯。」

黑衣手抵著下巴，思索半晌後抬起頭來。

「這是個好機會，我們去外面吧——讓你看看這世界不為人知的一面。」

黑衣帶著無色走出學園長室，前往中央校舍的屋頂。

順帶一提，剛才在學園長室時，黑衣已將無色的拖鞋換成了普通的鞋子。雖是低跟鞋，無色還是穿不習慣，走起路來有些搖搖晃晃。

「請跟我來，小心這裡有高低差。」

黑衣說著便向無色伸出手。無色說了聲「不好意思」拉住她的手，跨出大步來到室外。

「——這裡是……」

無色走到屋頂邊緣的高聳圍欄旁，用手按住被強風吹拂的長髮，俯視腳下那片景色，呢喃了聲。

方才在地面上無法看見的景觀，在這裡一覽無遺。

校舍周圍的廣闊土地上有許多不同設施，邊緣有一圈高聳的圍牆，牆外是熟悉的街景。

「啊……原來外面是一般的街道。」

「是的，不然你以為這裡是哪裡呢？」

「呃……聽到妳說有魔術，我還以為自己穿越到了異世界。」

「我們每天都在世界的檯面下活動，只是你不知道而已。這座〈庭園〉就位於櫻條市的東櫻條。」

「比想像中近呢……但我不記得這一帶有這樣的機構——」

「因為我們對校園施加了阻礙認知的魔術，從外面看不出有這樣一個地方——先別看下面了，趕緊抬頭吧。」

「咦？」

聽見黑衣這麼說，無色抬頭望向天空。

就在這一瞬間。

——飄浮著些許雲朵的寧靜天空中出現「那個物體」。

「……？那是……什麼？」

「那個物體」是一隻爪子。

巨大的爪子從空無一物的地方冒了出來。

不，正確來說——並非空無一物。

事實上，那隻爪子周圍的空間出現了一些龜裂的痕跡。

那片裂痕越來越大——

下個瞬間，一道無比巨大的影子衝破天空，出現在他們面前。

「啊——」

這幅光景讓無色目瞪口呆。

它的巨大身軀被堅硬的皮膚包裹，手腳上有許多爪子，頭上有長長的角，背上還有一對翅膀。

那彷彿是從遠古時代穿越而來的恐龍──或是從電影世界跑出來的怪獸。

「──滅亡因子二〇六號：『惡龍』。」

黑衣彷彿洞穿無色的心思，告訴他怪物的名字。

「它具備強韌的肉體與生命力，半吊子的攻擊傷不了它。它所噴出的火焰只要幾天就能讓全日本陷入火海，是較為常見的『滅亡因子』。」

黑衣語氣平淡地說。

隨後，像是在配合黑衣的話語似的，惡龍咆哮一聲，口中噴出宛如洪流的烈火。

「什……？」

天空熊熊燃燒。儘管無色和惡龍離得很遠，烈火仍讓他的皮膚感到刺痛。空氣熱得連保持睜眼都有困難。

惡龍噴火的場景宛如神話中的一幕。

被這樣的火焰擊中，人類、山野、城鎮究竟會如何？

這絕望問題的答案立刻出現在無色眼前，填滿了他的視野。

「……………唔！」

腳下的街景剎那間就被火焰包圍。

熟悉的街道，他直到昨天所居住的世界，就在轉瞬間化為地獄。

火焰沿著一條條道路擴散出去，將地面上所有東西染成黑色與紅色。

尖叫、警報聲、爆裂聲，所有聲音混雜在一起，只聽到一片鬼哭神號。

見到這突如其來的毀滅景象，無色一時之間無法理解發生了什麼事，瞠目結舌。

「什……咦——」

過了一會，他呆滯的腦袋終於認清現實，對僵住的手腳發出指令。

他激動得像要推倒黑衣似的抓住她的肩膀。

「黑衣！城鎮要完蛋了！」

「不用你說我也看得出來。冷靜一點，無色先生。」

「都這樣了，叫我怎麼冷靜！我倒想問妳為什麼還能保持冷靜！」

「就算你慌慌張張的，事態也不會好轉。而且——」

黑衣任由無色猛搖她的肩膀，伸手指向天空。

「你若不專心看，會錯過最重要的一幕喔。」

「……咦？」

無色順著黑衣指的方向，再度望向天空。

說時遲，那時快。

「————咿咿咿咿咿咿咿咿咿咿————呀、哈啊啊啊啊啊啊啊啊————！」

伴隨著一陣叫喊，地面上一道小小的影子猶如子彈般飛向空中。

那道影子筆直朝惡龍飛去，放出驚人的閃電，將那巨大的身軀撞至高空。

「什——」

惡龍大聲咆哮，使空氣不斷震動。

它發出叫聲並不是為了讓獵物注意到自己，也不是要威嚇敵人。那其實是痛苦難耐的慘叫。

「哼，吵死了，你這混蛋蜥蜴——」

那個撞飛惡龍的人展開雙臂。

猶如衛星跟在那個人身邊的小東西隨即變得更加閃亮。

下個瞬間。

一陣有如落雷的爆裂聲響起，天空一剎那被炫目的光芒包圍。

強烈的閃光讓無色不由得閉上了眼。

「………唔！」

無色再度睜眼時，惡龍巨大的身軀已然消失無蹤。

「那、那是……」

「騎士安維耶特・斯凡納。他是彩禍大人的直轄機構〈騎士團〉的成員，也是〈庭園〉中最高階的Ｓ級魔術師。那種程度的滅亡因子他一個人就能輕鬆收拾掉。」

黑衣和無色一樣仰望著天空，回答了他的疑問。

「彩禍小姐的直轄機構……所以彩禍小姐比這個人還強嘍？」

聽見無色這麼問，黑衣一臉不屑地回答他。

「他在彩禍大人面前可說是小巫見大巫。」

「……竟然～」

無色愣了好一會才顫抖著肩回過神來，俯視地面。

「對了，城鎮——」

他望著陷入火海的街景——說不出話。

「咦……」

原因很簡單。剛才被鮮紅火焰蹂躪，充斥著慘叫與呼嘯聲的街道已然恢復原狀，就像什麼事都沒發生過。

「奇怪……我剛剛明明看見街道燒了起來……」

「沒有錯，那不是幻覺，街道的確被惡龍的火焰破壞殆盡。如果安維耶特騎士沒有打倒惡龍，剛才的景象就會化為『結果』，被這世界記錄下來。」

「……妳的意思是，因為打倒了惡龍，剛才的事就會變成沒發生過嗎？」

「簡單來說就是這樣。生活在〈庭園〉外的人應該連剛才發生什麼事都不記得。」

黑衣泰然自若地回答。

面前突然發生這般令人難以置信的事，讓無色瞠目結舌。

愣了半晌後，黑衣至今說過的話終於在他腦中串聯起來。

「這種情況該不會經常發生吧……？」

黑衣用力點點頭後，盯著無色的雙眼說：

「——總共一萬五千一百六十五次。」

「咦？」

「這是以彩禍大人為首的魔術師至今拯救過世界的次數。」

「……！這麼多次……？」

「是的。

——『這世界平均每三百小時就會遭遇一次滅亡危機』。」

「————」

猛然聽見這樣的資訊。

無色只能訝異地望著黑衣，久久不能自已。

「不只惡龍，其他還有像是能創造出毀滅星球的兵器的智慧果實、能讓所有你想得到的天災同時發生的靈脈異常、能將一切啃食殆盡的金色蝗蟲群、具有極高傳染率與致死率的死神之病、從未來穿越回來試圖改變歷史的未來使者、光是存在就足以讓地面滿布業火的炎之巨人——

我們將這類能讓世界崩毀的存在統稱為『滅亡因子』。」

黑衣說了聲「然後」，接著說：

「吾等魔術師憑著奇蹟般的能力，不斷排除這些滅亡因子。

至今出現過的滅亡因子中，有十二例只有彩禍大人才能應付。

——這樣你聽懂了嗎？

要是沒有彩禍大人，這個世界最少滅亡了十二次。

與你合而為一的就是這麼一位厲害的人物。」

黑衣以叮囑的口吻，語氣平淡卻又略顯激動地告訴無色這些事。

聽見這些令人衝擊的資訊，無色的雙手不由得發顫。
「真、真不敢相信……」
無色呆愣地低語，黑衣則露出理所當然的表情垂下視線。
「哎，你會驚訝也很正常，但我說的全是事實——」
「面對平均每三百小時一次的崩毀危機，你們已經處理過一萬五千次以上了嗎……？這樣彩禍小姐隨便算都超過五百歲吧……？然而她的皮膚還這麼有彈性……真不敢相信……」
「…………」
「很痛、很痛啦，黑衣。」
黑衣這次終於忍不住動手。
無色用雙手護住頭部，抵擋黑衣的拍打攻擊。
就在這時。
「……！咦？」
天空落下一道流星般的光芒，下個瞬間，一名男人便出現在無色和黑衣面前。
「——嗨，久遠崎。竟然在這兒觀戰，妳還真是高高在上啊。」
這名青年身材纖瘦，卻有著結實的肌肉，身上穿著質感良好的襯衫、背心和西裝褲。
他有著編成辮子的黑髮與褐色肌膚，銳利的眼神像在凝視獵物一般，臉上露出野性的笑容，有如猙獰的野獸。

「你是——」

沒錯，他就是剛才打倒惡龍的魔術師。

就像在證明這點，他身旁平緩地飄浮著兩支三鈷杵——兩端呈爪子形狀的金色武器，時而劈哩啪啦閃著電光。

他身後則有兩圈巨大的光環，猶如神佛背後的光。這副神聖的姿態與他那野性的容貌顯得很不搭調。

這意料之外的狀況令無色呆若木雞，男人見狀便得意地勾起嘴角露出燦爛笑容。

「怎麼啦，一臉吃驚——哼哼，本大爺的魔術讓妳震撼得連話都說不出來了嗎？」

男人聳起肩膀，半開玩笑地對無色說。

無色老實地點了點頭。

「——好厲害喔。剛剛打倒惡龍的是你嗎？」

「…………啥？」

無色說完，男人張大嘴巴，發出呆愣的聲音。

「竟能打倒那麼大的惡龍……真的好厲害。你應該是個很強的魔術師吧……？」

「什……妳、妳在說什麼……難不成吃了什麼怪東西嗎……？說話語氣也怪怪的……」

男人上半身後仰，顯得很驚訝。

然而他的表情背叛了他，臉上浮現害羞的紅暈。

「不，我是真心覺得你很厲害。那到底是怎麼辦到的？」

「怎、怎麼辦到……那只是普通的第二顯現啊……不過我稍微改良了術式就是了。」

「原來是這樣！術式……我不太明白那是什麼，可以跟我解釋一下嗎？」

「誰要告訴妳啊！我幹嘛告訴妳我的絕招！」

「別這樣嘛，告訴我有什麼關係？我好想知道你那厲害的招式是怎麼施展出來的。」

「……真、真拿妳沒辦法……只有一下下喔……」

男人說著將臉別向一邊，臉上盡是藏不住的笑意。

他長得雖然有點可怕，感覺倒挺好騙的。

「真的嗎？謝謝你！呃——」

「嗯？」

「你叫什麼名字來著？」

「啊！」

無色笑容滿面說完的瞬間，黑衣短促驚呼。

就像在說「糟了」似的。

原本得意洋洋的男人聽見無色這句話，額頭開始冒出青筋。

「……這、這樣啊……？原來如此……？意思是，妳不願花一丁點記憶力去記我這樣的嘍囉叫什麼名字嘍……？」

「咦？呃，不，不是你想的那樣，我只是有點忘記——」

「很好～～！那我現在就痛扁妳一頓，讓妳再也忘不了本大爺安維耶特．斯凡納的名字～～～～！」

安維耶特（無色這才想起他叫這個名字）怒不可遏，用腳跟狠狠踹了屋頂的地板。

以此為起點，四周噴射出驚人的閃電。

「……唔？」

屋頂上冒出蜘蛛網狀的亮光。無色不由得縮起身子。

「呃——別這樣！」

「少囉嗦！想求饒的話，就——」

「要是弄傷彩禍小姐美麗的容顏怎麼辦！」

「…………」

聽見無色這麼喊完，安維耶特的臉頰不知為何開始抽搐。

「看來我應該不需要手下留情吧……？」

安維耶特雙手在身前擺出備戰姿勢。

隨著他的動作，如衛星般環繞在他周圍的兩支三鈷杵加快旋轉速度，開始滋滋放電。

「爆破吧，【雷霆杵(Vajudola)】！」

安維耶特喊完，雙手向前伸出，朝無色放出致命的一擊。

無色的視野全被耀眼的光芒遮蔽。

「——唔哇！」

他嚇得倒抽一口氣，像是被釘住似的無法動彈。

「無色先生！」

黑衣焦急的呼喊被轟隆聲吞噬殆盡。

無色腦袋明知自己應該躲開，身體卻不聽使喚。

那是迫使一切道理屈服的猖狂暴力，讓無色有股原始的死亡預感。連不懂魔術為何物的他都能明白那是致命的一擊，一瞬之後，暴怒的金色雷擊就會將無色的身體撕成粉碎。

然而——

「————」

支配無色大腦的不是絕望，也非恐懼——而是一股難以形容的異樣感。

——明明再過不到一眨眼的時間，雷擊就會炸裂開來，然而看在無色眼中卻莫名緩慢。

就像時間流速整個變慢了。

就在全世界都以慢動作運轉時，唯獨無色仍以原本的速度思考。他有這種超凡入聖的感覺。

難道這就是傳說中的人生跑馬燈嗎？

傳說瀕死那一瞬間，人類的大腦會高速運轉，以便在一生所有經驗中尋找突破現況的方法，因此會感受到時間相對變慢。

然而即使無色翻遍大腦每個角落，都找不到能改變現況的經驗——

（——不用怕，現在的你具備了最強的身體——）

有人這麼說。

「咦——」

無色腦中忽然響起這樣的聲音，令他睜大眼睛。

那聲音有些朦朧，但說是幻聽又過於清晰。

他不知那聲音究竟是從哪裡傳來的。

但是聽到聲音那一刻，無色竟有種不可思議的安心感。

因為那道聲音——

和無色昨天失去意識前聽到的初戀少女的聲音十分相似。

（——你的身體記得如何施展力量，你只要放心交給身體就行了——）

那聲音這麼說的同時。

「——」

無色下意識朝前方伸出手。

為何會做這樣的動作，他自己也不明白，但他可以確定現在這麼做是正確的。

他的身體熱了起來，就像全身上下的血液都變熱了。

下個瞬間，無色那被電光填滿的視野中出現了一道新的光芒。

無色的頭頂上冒出了五彩繽紛的光環。

一個一個分開來看，猶如天使頭上的光環。

但疊加在一起——看起來就像是魔女的帽子。

「……！『四片界紋』——？」

身後傳來黑衣既驚訝又錯愕的聲音。

第一章
融合

那瞬間，無色四周的空間以他為中心開始扭曲——

「整個世界都變了樣」。

「啊——」

這並非比喻，也非誇飾。

直到上一秒，無色、黑衣和安維耶特都還站在校舍的屋頂上。

然而轉瞬之間，三人周圍的景象為之一變。

——變成了一片無邊無際的蒼穹。

不，不只如此。無色轉動眼球，望向「地面」和「天空」。

地面是一片廣大的都會街道，天空竟也是同樣的大都會光景，和地面上的景色剛好呈上下顛倒。

那是熟悉卻又異常的景色。好幾座大樓與電塔從上下兩個方向將尖端伸向無色等人，模樣宛如巨獸的上下顎。

安維耶特慌張的聲音也在這時傳來。

「『第四顯現』……？久遠崎妳這傢伙！太卑鄙了！不可以用這——」

然而，他責備的叫喊聲戛然而止。

之所以會如此，是因為地上和天上的大都會風景全像要咬碎安維耶特般，由下竄升、由上墜落。

「——萬象開闢，天地於焉歸吾掌中。」

無色的喉頭不由自主地發出清晰的聲音。

「向吾宣誓恭順。

——吾願收汝為新娘。」

安維耶特將雙手伸向天空試圖抵抗，但他放出的雷擊絲毫不起作用地煙消雲散。

「唔……？妳、妳這混蛋~~~~~——！」

可憐的安維耶特宛如在駭浪中翻騰的一葉扁舟，被巨大的建築物群吞噬。

伴隨著驚天動地的轟響，獠牙般的摩天大樓開始崩解。

世界逐漸改變形貌。

半晌後，無色等人的周圍便恢復成原本屋頂上的景象。原本在無色頭頂上熠熠生輝的光環也在不知不覺間消失。

唯一和剛才不同的，就只有趴倒在屋頂地板上的安維耶特。

高級的襯衫和西裝褲骯髒、破損，幾乎已無法發揮衣服的功能。他的長髮被燻得焦黑，身上可以見到大大小小的傷痕與瘀青，但手腳仍不時痙攣抽動，看起來勉強還有一口氣。

「剛剛那是……」

無色呆愣地低語後望向自己的手掌，將手握緊又張開。柔荑般細白的手指隨著他的意思不斷開合。

——他不太清楚剛才發生了什麼事。

只能隱約理解到剛才展現在他面前的不可思議光景，正是源自他自己——彩禍的力量。

他至今從未有過這般奇妙的感受。

沸騰的血液從頭頂到指尖不斷翻滾的灼熱感。

自己這個人宛如氣球不斷膨脹的興奮感。

以及——將全世界盡收手中的全能感。

這些感受混在一起同時襲來，讓無色愣了好一會。

「混、蛋……唔……」

「……！」

將無色的意識拉回現實的，是趴伏在地的安維耶特發出的憤恨低語。

「請問你沒事吧……？」

無色上前關心安維耶特的狀況，蹲下來窺探他的臉。安維耶特搖搖晃晃地抬起頭，用布滿血絲的眼睛瞪著無色。

「給、給我記住……我一定要……殺了——」

然而安維耶特沒能將話說完。

下個瞬間，黑衣走了過來，將他的頭狠狠踩在腳下。

「噗嘎。」

安維耶特的臉硬生生被壓在堅硬的地板上，原本還會微微抽動的手腳這下也沒了動靜。

「…………」

不過黑衣這麼做並不是要讓安維耶特閉上嘴或給他致命一擊。硬要說的話，她看起來比較像因為想站在無色面前，覺得安維耶特的頭很礙事，才會粗魯地踩在他頭上。

「黑衣？」

無色疑惑地呼喚黑衣。

望著無色的黑衣那張臉和剛才一樣沒有表情——卻透露出一股藏也藏不住的驚訝，以及些許興奮激動之情。

「……真不敢相信。雖說這確實是彩禍大人的身體，沒想到真的能忽然施展出第四顯現……不過，這樣的話——」

黑衣喃喃自語了一會後，再度望向無色。

「無色先生。」

「是、是的。」

無色被那雙透著強烈意志的眼眸所震懾，不禁點了點頭。黑衣接著說：

「你被捲入這起事件，可說是一場不幸的意外。然而事已至此，我也不得不拜託你，請你助我一臂之力。

——這樣才能拯救這世界。」

聽見黑衣這麼說——

「咦，我沒辦法啦……」

無色立刻回答。

這是當然的。無色只是個普通的高中生，突然要他拯救世界，他也很困擾。

「…………」

汗珠沿著黑衣的臉頰滑落，她皺起眉頭。

「……都說到這樣了，你應該接受吧？」

「不，就算妳這麼說我也沒辦法。」

「…………」

黑衣思索片刻後，再次向無色提議。

「若你幫我，你和彩禍大人的身體或許就能分開。到時候我再將彩禍大人介紹給你認識，告訴她你是她的恩人，在她不在時替她履行義務。」

「我該做些什麼呢？好巧喔，我剛好想拯救一下世界。」

「…………」

見無色用力點頭，黑衣再度陷入沉默。

她像在說服自己接受似的嘆了口氣。

「需要做很多準備——先來處理最麻煩的部分吧。」

「最麻煩的部分？」

無色歪了歪頭，黑衣頷首表示肯定。

◇

屋頂上的戰鬥結束後，過了大約三十分鐘。

無色被帶到中央校舍裡一扇巨大的門扉前。

「黑衣，這裡是？」

「會議室。今天有〈庭園〉管理部的定期報告會——眼下發生這種狀況，還真想無視這場會議，但彩禍大人不能缺席，我只好帶你過來了。」

黑衣回答完無色的問題，對他耳提面命道：

「管理部和〈騎士團〉成員已經聚集在房內了——我會負責和他們對話，請你盡量不要發言。」

「我明白了，不能破壞彩禍小姐在眾人心中的形象。」

「呃，對，沒錯。」

黑衣的表情像是在說：「我不是這個意思，不過就當作是這樣似乎比較好……」她敲了敲門後，將門緩緩打開。

接著彷彿在說「請進」般要無色先進房內。

無色遵從指示，有些緊張地步入會議室。

「哇……」

他才剛被提醒要少說話，一進到房間就立刻發出小小的驚嘆聲。

這也無可厚非。會議室裡約有十個人，全體一同起立歡迎無色的到來。

「——『彩禍大人』，請入座。」

無色愣了好一會，黑衣見狀趕緊催促他坐下。

確實不能一直呆站在原地。無色以極不自然的腳步走向會議桌，逕自坐在某個空位上。

起立致意的管理部成員們見他這麼做，困惑地騷動起來。

「魔、魔女大人……？」

「您怎麼了……？」

「咦……？」

無色不解地歪過頭。黑衣從後方俐落地走了過來，對他耳語。

「——彩禍大人的座位在那邊。」

語畢，指了指房間最裡面的座位。

那是桌子短邊的座位，也就是所謂的壽星席——不過現場氣氛凝重，使那張椅子看起來不像宴會的主位，反而比較像邪惡組織領袖坐的位子。

「啊……」

無色微微叫了一聲，連忙走向那個座位。

見他入座後，眾人才紛紛坐下。

「…………」

無色帶著莫名的緊張感環視桌前的眾人。

他微微皺起眉頭。這些人大多西裝筆挺，卻有兩個人看起來與現場的氛圍很不搭調。

其中一人是十歲出頭的女孩。她原本看起來年紀就小，濃眉和紅潤臉頰讓她更顯稚氣。

她罩了件長版白袍，裡頭不知為何只穿了民族風圖案的上衣和緊身褲，而且就像內衣褲一樣單薄，從各方面看來都很不協調。

「……黑衣，那個女生是？」

無色小聲詢問，站在他椅子後方的黑衣也壓低音量回答：

「——騎士艾爾露卡．弗烈拉。她外表年幼，卻是〈庭園〉中僅次於彩禍大人的元老級魔術師。」

「哦……」

俗話說人不可貌相。無色忍不住驚嘆。

而後，他望向坐得離自己較近的少女。

她看起來沒有艾爾露卡那麼小，但也很年輕，大約只有十六七歲。那身學生制服更加印證了這點。

她一頭長髮綁成雙馬尾，眼尾略為上揚，緊閉的雙唇彷彿顯示出她堅強的意志力——

無色忽然皺起眉頭。

他總覺得少女的臉似曾相識。

「…………難道是瑠璃嗎？」

「——是的。怎麼了，魔女大人？」

無色嘟噥了聲，少女——瑠璃立刻歪著頭應道，眼中滿是被彩禍呼喚名字的喜悅之情。

「呃——沒事。」

他沒有向少女搭話的意思，但似乎不小心被對方聽見，便趕緊含糊帶過。

無色瞄了黑衣一眼，發現黑衣正以疑惑的眼神望著自己。

黑衣會有這樣的反應很正常，畢竟無色理應不認識那名少女，卻突然叫出她的名字。

此時——

「……！」

無色還在想要怎麼蒙混過去時，會議室的門忽然被粗魯地推開。

一名全身纏著繃帶的男人搖搖晃晃地走了進來。

無色一時之間認不出對方是誰，直到被他狠瞪才意識到——他就是剛才向自己挑釁的騎士，安維耶特．斯凡納。

管理部的人見到他，個個睜大眼睛。

「斯、斯凡納先生！您受傷了……？」

「是剛才和滅亡因子交手時受的傷嗎？」

「S級魔術師安維耶特先生受傷了？這怎麼可能！」

安維耶特咂了嘴，讓吵鬧的管理部成員們安靜下來。

「……吵什麼吵？我哪有可能被那種小嘍囉打傷？」

「那、那麼您的傷是……」

一名戴眼鏡的男性這麼問，安維耶特再次惡狠狠地瞪向無色。

管理部的人見狀，紛紛鬆了口氣。

「什麼嘛……原來是魔女大人啊。」

「既然是魔女大人做的，那就沒辦法了。」

「還好您活下來了，安維耶特先生。」

「不要瞬間露出恍然大悟的表情，你們這些混帳！」

安維耶特一臉不悅地說完，粗魯地在艾爾露卡隔壁坐下。

坐下時身體似乎很疼，只見他微微皺眉……但他好像不想被人發現這點，儘管渾身顫抖仍沒有叫出聲來。

「你太晚來了，安維耶特。怎麼能讓魔女大人等你？」

「……少囉嗦。我願意來，她就該感激涕零了。」

聽見瑠璃的提醒，安維耶特不屑地用鼻子哼了聲。

瑠璃無奈地搖搖頭後，環視桌前的眾人。

「——既然所有人都到齊了，就讓我們開始今天的定期報告會。首先請看這邊。」

瑠璃說完，摸了一下手邊的裝置。接著橢圓形桌子的正中央便投影出資料畫面。

「——上次會議後，滅亡因子出現了兩次，分別是五一一號『矮精靈』與二〇六號『惡龍』，兩者都在可逆討滅期間內討伐完畢。至於魔術師所受到的傷害——」

瑠璃以嘹亮的嗓音主持這場會議。

無色不太懂她在說什麼，但總不能擺出一副索然無味的表情。因此他正襟危坐，時而意味深長地出聲附和，聆聽瑠璃說話。

而後在瑠璃主持下，又有幾個人接連報告。

「——謝謝各位。還有人有事要報告嗎？」

過了大約四十分鐘。所有人都報告完畢後，瑠璃望著眾人問道。

眾人回以沉默。瑠璃從這氣氛中洞穿眾人的意思，輕輕點了頭。

「那麼——」

就在這時，站在無色後方的黑衣上前一步。

「——打擾了，可否容我說一件事？」

「妳是？」

「抱歉現在才自我介紹，我是彩禍大人的侍從，烏丸黑衣。今日彩禍大人身體不適，才會由我陪同出席。」

「咦！」

黑衣的話讓瑠璃驚訝得破了音。

「身體不適——那、那現在還好嗎？」

「是的，不必太過擔心。您說是吧，彩禍大人？」

「咦？對、對啊。」

黑衣望向無色，像在催促他答腔。無色點了點頭。

「所以呢？到底有何事？」

艾爾露卡手肘抵在桌子上，托著臉頰這麼問。

黑衣微微頷首，輕啟雙脣答道：

「——彩禍大人昨日遭受不明人士襲擊。那人應該是魔術師，但彩禍大人當時沒能看清楚對方是誰。犯人很有可能再度來犯，因此希望各位能加強周邊警戒。」

「「……！」」

黑衣一說完——

在場所有人表情全都變得凝重。

「什——襲擊魔女大人？」

「而且還能不被發現身分，悄悄逃掉……？」

「怎麼可能有這種事——！」

管理部成員們露出慌張神色。

然而，無色也一樣。他壓低聲音詢問黑衣：

「……黑衣，這件事說出去沒問題嗎？」

「──只要別讓人知道彩禍大人的現狀就不會有問題。要讓他們感受到事情的嚴重性，他們才會加強緊戒。」

黑衣望著驚慌的眾人，一臉平靜地回答。無色恍然大悟地點了頭。如果將所有事都保密，無色的確很有可能毫無防備地再度遭遇襲擊。

「哼──哈哈、哈哈哈哈！」

正當眾人手忙腳亂之時，有個人高聲笑了起來──是安維耶特。

「意思是久遠崎被敵人襲擊，沒掌握清楚對方身分就讓他逃了？哼，真是難堪。堂堂魔女大人是不是也上了年紀，不中用了呢？」

說完還故意聳了聳肩。

原本擔心地望著無色的瑠璃此刻狠狠瞪向安維耶特。

「哦？你還真能說啊，安維耶特。這真不像是一個屢屢敗給魔女大人的人該說的話。」

「啥……？」

安維耶特眉毛抽動了一下，也瞪了回去。

但是瑠璃毫不介意，繼續以激怒人的口吻說：

「那名襲擊者該不會就是你吧？你發現自己用正當方式打不過魔女大人，就開始偷襲她了嗎？」

「什麼——！妳什麼不好說，偏要——」

「哎呀，對不起，這麼說太超過了。你不可能是襲擊者——如果是你襲擊魔女大人，一定會當場被反殺。」

「妳死定了！」

「好哇——」

安維耶特和瑠璃以像要踢翻椅子的氣勢站了起來。

周遭的空氣瞬間開始震動，一道微光以兩人為中心如漩渦般開始迴旋。

然而——

「吵死了，等一下再說。」

坐在安維耶特和瑠璃中間的艾爾露卡不耐煩地說完，將白袍袖子「啪啪！」甩向兩人的臉。

「唔呃……」

「……艾爾露卡大人。」

兩人還是一副氣憤難平的樣子，但總算不甘願地坐回椅子上。坐在對面的管理部成員們個個鬆了口氣。

「明白了，交給我們處理——妳報告完了嗎？」

艾爾露卡望著黑衣問。

於是，黑衣靜靜地繼續說下去。

「基於上述情況，彩禍大人有個提議。」

「哦？是什麼？說說看。」

「是——暫時先別讓彩禍大人對付毀滅級以下的滅亡因子，並且盡量減少這類定期會議的次數。」

「唔……這倒無妨，但為何提出這種要求？難道彩禍在襲擊中受傷了？」

艾爾露卡說著凝視無色的雙眼。

那彷彿能看穿人心的眼神令無色心臟跳得好快。

然而，黑衣以極為冷靜的態度搖搖頭。

「怎麼會呢？任憑對手是誰，都傷不了彩禍大人一根汗毛。」

「我知道，開個玩笑罷了——那麼理由是？」

「彩禍大人說她有其他事要處理。」

「其他事？」

艾爾露卡疑惑地歪過頭。

黑衣深深點了頭後，告訴眾人：

「是的。彩禍大人從明日起——將以學生身分在這間學園上課。」

「「…………啥？」」

黑衣一說完——

包含無色在內，所有人立刻發出呆愣的疑問聲。

✪第二章　庭園

這裡是位於東京都櫻條市的魔術師培育機構——〈空隙庭園〉。

高中部二年一班的教室中瀰漫著一股奇妙的緊張氣氛。

「「…………」」

無論是乖乖坐在位子上的同學還是站在講桌旁的老師，全都表情緊繃，盡可能壓低呼吸聲，生怕一個吐氣就會犯下重大過失。

那模樣讓人聯想到躲避大型肉食動物的弱小草食動物群。他們拚命讓自己融入背景，以防進入天敵的視野，引起強者的注意。明明是一群身負重任，保護世界免於毀滅的魔術師，卻顯得不太可靠。

不過，沒人能責備他們太過膽小。

因為——

「好、好的……請容我介紹，這位是今日起將與各位一同念書的轉學生，久遠崎彩禍大人——不，彩、彩禍同學。」

第二章
庭園

這座學園的學園長，世界最強的魔術師。

極彩魔女——久遠崎彩禍竟以學生身分轉入這個班。

「呃、沒錯，請大家多多指教。」

她的外表看起來年紀和在場其他學生差不多，是個有著一頭亮麗長髮的耀眼美少女，連本該穿不慣的制服穿在她身上都顯得十分合適。如果教室裡坐的盡是不認識她的人，被她倩影迷倒的人肯定不在少數。

然而她身上散發的濃烈魔力、刻在腦中那些關於她的傳說、美得令人顫慄的五彩雙眸，都讓他們無法輕易為她著迷。

（……學園長以學生身分轉入這個班……？到、到底有什麼目的……？）

（難道是來發掘有前途的學生……？那我們千萬不能太顯眼……！）

（但是萬一惹她不開心……）

教室中滿是學生們不成聲的哀號。

就連為眾人介紹彩禍的老師從剛剛起也一直在微微顫抖。她可能才是這間教室裡最緊張的人。

但——就在這時。

「……我忍不住了。」

原本坐在位子上看起來生性認真的女學生露出無法忍耐的表情，緩緩站起身來。

「「什……！」」

同學們和班導見她這樣都倒抽口氣。

「……！不、不可以，不夜城！忍住啊！」

「拜託妳忍住！對方可是魔女大人！」

「妳想讓自己的職業生涯全都付諸流水嗎？」

周遭的人像是潰了堤，紛紛出聲制止女學生。

然而這名女學生臉上浮現決心與覺悟，以堅定的腳步走到彩禍面前。

「魔女大人。」

「嗯，怎麼了？」

彩禍歪著頭說完，女學生氣勢洶洶地拿出智慧型手機。

「——可以讓我拍張照嗎……？」

她額頭冒汗，臉頰泛紅地問。

聽見她這麼說，同學們都一臉「完蛋了……」的表情抱著頭。

沒錯，她正是〈庭園〉高中部二年一班的學生，也是〈騎士團〉的一員，不夜城瑠璃。

為人循規蹈矩、成績優秀的她——是久遠崎彩禍的大大大粉絲。

「不……不夜城同學！這樣太失禮了！快點回位子上！」

這時班導栗枝巴才回過神，連忙制止瑠璃。

這名女老師年約二十五六歲，身高也比彩禍高一個頭，但不知是因為懦弱的表情還是顫抖的聲音，抑或是兩者加乘的關係，給人一種稚氣的印象。

「……老師，對不起，我明白這麼做很失禮。但是身為女人，有時即使知道行不通，還是必須硬著頭皮戰鬥……！」

「妳在說什麼！拜託別在學園長面前惹是生非好嗎？要、要是我被追究責任怎麼辦！」

巴以慘叫般的聲音喊道。學生們望向她，像是在說：「這才是妳的真心話吧……」但是巴完全沒注意到。

「……對了，我想確認一下，若我不聽從老師勸告擅自行動，最糟的處分會是什麼？」

「咦？應、應該是……停學……之類的吧。」

「嗯……」

「啊啊！妳那充滿決心的表情是怎樣？就像在說『即使停學也要選擇魔女大人的珍貴照片』一樣！」

「請不要阻止我！穿制服的魔女大人可不是隨隨便便就能看到的！我如果不將這身影流傳後世，一定沒臉面對明天的自己……！」

「喂～～～～～～～～！別說得那麼好聽，默默拉低我的評價好嗎～～～～！」

巴眼眶泛淚，不斷搖晃瑠璃的肩膀。然而瑠璃一步也沒離開原地，看來核心相當有力。

沒想到彩禍看到這樣的光景卻嫣然一笑。

「嗯——好啊，這也沒什麼，盡量拍吧。」

說著還用力點了頭。

「魔、魔女大人……？」

「真的可以嗎？」

「嗯，畢竟身穿制服的彩禍小……我實在很罕見。我明白妳的心情，非常明白。我們的喜好果然很類似呢。老實說今天早上要不是黑衣阻止我，我早就自拍了。」

「什麼？」

「沒事。妳要拍照是吧？沒問題——拍完可以傳給我嗎？」

「！好、好的！那當然！」

瑠璃的臉一下子亮了起來，以職業攝影師般的動作舉起手機，從各種角度捕捉彩禍的身影。

「魔女大人！請看這邊、這邊！」

瑠璃興奮地喊道，而彩禍也樂在其中地擺出拍照姿勢。

「呵，這樣嗎？」

「是的，太棒了！簡直是美的化身！全身上下沒有一處不美！」

「那這個動作怎麼樣？」

「太誘人了！太誘人了，魔女大人！好美！美爆了！」

「再來一個靠在窗邊，露出哀愁表情的久遠崎彩禍。」

「嗯咿咿咿咿咿！您怎麼……您怎麼都知道我想要什麼畫面呢～～～————！」

如此這般，這場攝影會便在教室一角展開。

最強魔術師久遠崎學園長愉快地在眾人面前擺出一個又一個姿勢，平常個性認真的騎士拍著她的照片，感動得臉上交織著各種液體。

仍舊大惑不解的同學們見到眼前的光景，開始竊竊私語。

（現在是什麼狀況……？）

（魔女大人在考驗我們嗎……？）

（魔術師的強大在於堅韌的精神力……我們不能亂了陣腳……）

這幅光景讓他們內心更加混亂。

◇

——時間稍微倒轉。

「……呃，可以麻煩妳說明一下嗎，黑衣？妳為什麼要我……要彩禍小姐以學生身分在學園上課？她不是這間學園的學園長嗎？」

定期會議結束後，無色回到學園長室，向黑衣提出內心的疑問。

黑衣深深點了頭後回答：

「正如剛才所言，你和彩禍大人現在是合體狀態。」

「是的。」

「我雖然也想盡早讓兩位分開——但無法輕易辦到。因此，在兩位分開前有一件更急迫的事要處理。」

「妳是指襲擊者……的事嗎？」

無色說完，黑衣點頭回應。

「雖不清楚當時的狀況，然而那個人強得足以傷害彩禍大人。要是對方搶在彩禍大人甦醒前襲擊現在的你——」

第二章
庭園

「…………」

無色緊張得渾身冒汗，不發一語。

不用黑衣說明，他也明白。

萬一犯人現在再次現身，他肯定會束手無策地被對方殺死。

而且這也代表久遠崎彩禍將完全死去。

「所以我希望無色先生能先學會使用魔術。若襲擊者再度出現，你沒有能與之抗衡的力量就真的沒救了。」

「魔術……要是妳希望我重現剛才對付安維耶特的那一招，我可辦不到。連我自己都不知道是怎麼做到的。」

「請放心，這所〈庭園〉正是教授魔術的魔術師培育機構。若想學魔術，沒有比這裡更適合的了。」

「但妳突然這樣要求我，我也很傷腦筋。就算我真的學了，也未必能順利操縱彩禍小姐的魔術——」

「對了。」

無色正想說明自己的顧慮，黑衣卻打斷他，接著說道：

「〈庭園〉的每位學生都會拿到制服，無一例外。制服以摻了靈線的特殊纖維製成，無論在物理上或魔術上都很強韌，可謂現代魔術師的法袍；另外肩章上還裝有具現化裝置，可謂現代魔術師的法杖。相信你也在學生身上看過這身制服，對吧？」

「……？怎麼突然說這個？確實是很厲害沒錯，但——」

「——我想〈庭園〉的制服穿在彩禍大人身上應該很適合吧。」

「我要去。」

無色回答的速度快得連自己都嚇了一跳。

他回過神時才發現自己已經點頭，表示願意去魔術學園上課。

「…………」

「怎麼了，黑衣？」

「……沒事。雖然是我自己提議的，但看到這個方法這麼管用，心情還是有點複雜。」

黑衣低聲說服自己：「……算了，結果才是最重要的。」

「無色先生，請從明天開始在〈學園〉上課。你在『外面』就讀的學校和你的家人就由我來應付，無須擔心。」

「妳所謂的應付是……」

「不用擔心。」

黑衣以不容質疑的口吻回答……說不在意是騙人的，但以無色現在的身體實在很難回到原本的生活圈，也只能交由黑衣處理了。

「班級……就選高中部二年一班吧。」

「有什麼理由嗎？」

「是的，二年一班是不夜城瑠璃騎士就讀的班級——她是學生，也是〈騎士團〉的一員，堪稱天才。敵人不知何時會再度來襲，有個強大的魔術師在身邊比較保險。」

「……嗯？」

「噢——原來是瑠璃念的班。話說，沒想到她竟然那麼強。」

「對了，你好像本來就知道她是誰。你們認識嗎？」

無色回話表示理解，黑衣聽了卻疑惑地歪過頭。

「嗯，認識啊——她是我妹妹。」

「…………………………………………………………………………什麼？」

經過一段長長的沉默。

黑衣罕見地破音了。

「那個不夜城瑠璃，是你妹妹？」

「是啊，不過我們父母很久以前就離婚，我已經好幾年沒見到她了。可以說是失散多年吧。」

「……你在魔術師學園見到失散多年的妹妹，反應怎麼那麼冷靜……？」

「哎，畢竟我現在用的是彩禍小姐的身體，也不適合表現出驚訝，沉浸在重逢的喜悅當中。」

「是沒錯……真搞不懂你這個人到底是太理智還是少根筋。」

黑衣露出有些難以接受的表情，但很快又振作起來，繼續說：

「總之，你將以彩禍大人的身分轉入高中部二年一班。

——不過有幾件事需要注意。」

「什麼事？」

無色說完，黑衣豎起食指。

「首先第一件事——絕對不能讓人發現你不是彩禍大人。」

「嗯……也是。這關乎彩禍小姐的名譽。」

「彩禍大人的名譽固然重要，還有另一個更重要的理由。」

「是什麼？」

「敵人很可能已經發現彩禍大人活了下來。」

聽見黑衣這麼說，無色點點頭說了聲：「……原來如此。」

原以為殺死的對象竟然還活著，而且還是被譽為世界最強的魔術師，可能用了某種自己不知道的方法逃過一劫——這對敵人而言，應該是相當值得警戒的狀況。對方即使想再次襲擊，也得慎重行事。在對方做準備時，無色等人也能稍微喘一口氣。

然而敵人若知道無色現在的狀況，肯定會毫不猶豫地攻過來。畢竟現在在這裡的只是一個徒有彩禍外貌的外行人。無色無法得知襲擊者潛伏在何處，因此必須時時刻刻注意自己的言行。

不過要想這麼做，還有一個大問題。

「我當然會盡我所能……但慚愧的是，我對彩禍小姐並不是那麼了解。」

「這我知道。」

黑衣彷彿察覺到無色的顧慮，點了頭。

「我會為你準備彩禍大人的紀錄影片，請你盡量學習彩禍大人的言行。」

「咦，我可以看嗎？」

見無色興奮地向前探出身子，黑衣露出些許嫌惡之情。

「我突然不想讓你看了……但這是必要的犧牲——給你一個晚上的時間。不能只是外表像彩禍大人，請『成為』彩禍大人。」

「『成為』彩禍小姐……是嗎？」

「我明白這是個無理的要求，也知道這樣的說法有損你個人的尊嚴，但是現在——」

「這真教人心跳加速。」

「呃，好吧。我真是學不乖。」

無色雙頰泛紅地說完，黑衣瞇著眼，額頭滲出一層薄汗。

「……雖然被弄得有點煩，我還是挺感謝你的。

——再跟你確認一次，在學園就讀期間，千萬不能讓人發現你並非真正的彩禍大人，知道了嗎？」

「好的，交給我吧。這一切都是為了彩禍小姐。」

聽見黑衣的叮囑，無色用力點了頭。

「…………」

早晨的班會結束之後。

無色坐在被安排的座位，將手肘撐在桌上，手指扶著額頭不發一語。

原因很單純。昨天黑衣明明千叮嚀萬囑咐要他小心，他卻在上課前突然開了場攝影會。

他當然沒忘記要謹言慎行。從上學開始，他就有意識地模仿久遠崎彩禍。

然而瑠璃請求拍照的那瞬間，他心中閃過「啊，我也想要」的念頭，之後就一發不可收拾地擺出一個又一個的動作。老實說就連現在反省時，他也十分期待拿到照片。

……不，等一下。瑠璃既是彩禍的弟子，又是彩禍直轄機構的一員，冷淡拒絕瑠璃的請求豈不是也很不像彩禍的作風？現在仔細想想，無色仍不認為彩禍會拒絕拍照。那麼，剛才的決定以結果來看應該是正確的嘍？話雖如此，為了拍出「秀髮被涼風輕拂的久遠崎彩禍」而拚命調整髮絲飄逸的角度，好像還是太超過了——

「……不。」

想到這裡，無色嘟噥了聲打斷自己。要是再不打住，腦內的小無色們就要擅自展開一場彩禍的詮釋會議了。

雖然有很多需要反省的地方，像這樣煩惱已經過去的事也不像彩禍的作風。接下來才是重點。無色轉換想法後，端正坐姿。

「魔女大人！」

無色才剛下定決心，便聽見這個聲音——是瑠璃。

「嗯，瑠璃。」

無色轉向瑠璃，只見對方將手中的東西放在他桌上。

「這是？」

「剛才拍的照片！因為您也想要，我就盡快洗出來了！」

「哦？還真快。」

無色故作鎮定地收下照片。

其實他開心得想要手舞足蹈，但也只能咬牙忍住。

「是的！攜帶型印表機是少女必備的七道具之一！剛才老師說話時，我偷偷在桌子底下印的！」

瑠璃眼神發亮，驕傲地挺起胸膛。

她身後傳來一道略帶苦笑的嗓音。

「瑠璃……班會好歹也是〈庭園〉課程的一部分。還有妳不要太為難老師啦。」

無色循聲望去，只見一名穿著〈庭園〉制服的女學生站在那裡。少女長相溫和，及肩頭髮編著精緻的髮辮，如今正苦惱地皺起眉頭。

「嗯，這些我當然知道。」

瑠璃露出純真的眼神點了頭，少女聞言冒出冷汗。

「是嗎……明知道還這麼做……真是的，平常都是妳在提醒我，沒想到妳一遇到和魔女大人相關的事，就會變成這樣……」

「今天魔女大人穿了制服耶。我再說一次，魔女大人穿制服耶。這種奇蹟一生能不能遇到一次都很難說。聽懂了嗎？需要我再說一遍嗎？」

「懂、懂了……不用再說一遍，我感受到妳的熱情了……」

少女被瑠璃激動的言語嚇得倒退一步。無色見狀不禁輕笑起來。

「抱歉啊，我心血來潮的舉動給各位添麻煩了。呃，妳是——」

「啊……！對、對不起，忘了自我介紹，我是嘆川緋純，瑠璃的室友……」

名叫緋純的少女連忙低下頭。無色微微搖了搖頭。

「不用那麼拘謹沒關係，我現在不是學園長，而是你們班的同學。我反倒希望妳教我一些事。」

「好、好的……」

無色說完，緋純惶恐地縮起肩膀。

瑠璃看著兩人的互動，忽然氣得鼓起臉頰。

「瑠璃？」

「我也可以啊。」

「咦？」

「緋純的確很會教人，但我也幫得上魔女大人的忙。如果魔女大人需要，我願意隨侍在您左右，充分協助您的學園生活。」

瑠璃說著雙手抱胸，將臉撇向一邊。看樣子似乎在鬧彆扭。

「哈哈，別鬧彆扭了，我也很需要瑠璃妳啊。」

看見瑠璃這副喜怒全寫在臉上的模樣，無色忍不住苦笑——這讓他不經意想起了以前的事。

仔細想想，他們兄妹倆有幾年沒見了？無色記憶中的瑠璃年紀還很小，對了，頭髮似乎也比現在短得多。

無色作夢也沒想到會在這種地方，而且還是用別人的身體和妹妹重逢——

「……魔女大人？我臉上沾到什麼嗎？」

瑠璃疑惑地探頭望向無色的臉。

他這才發現自己過度沉浸於感慨之中，連忙搖頭試圖含糊帶過。

「呃，沒事——只是覺得妳的頭髮很漂亮。妳以前短髮的樣子也很可愛，不過長髮也很適合妳。」

「是嗎？」

無色說完，瑠璃的雙頰立刻紅了起來。

「魔女大人，您好會稱讚人。沒錯，我以前是短髮，後來我哥哥說他喜歡長髮的女生，我才開始留長——」

這時瑠璃忽然意識到什麼，歪過頭。

「咦？我給魔女大人看過我短頭髮時的照片嗎？」

「啊。」

無色聞言，不禁叫了一聲。

——他又說錯話了。看來彩禍似乎不知道這件事。

但此時慌張掩飾更不像彩禍的作風。無色決定無視緊張亂跳的心臟，極為優雅地對瑠璃眨了眼。

「呵——瑠璃的一切都在我的掌握之中。」

「怦通————！」

聽見無色這麼說，瑠璃像是心臟被擊中般摀住胸口。

接著她踉蹌了幾步，上氣不接下氣地用手撐住一旁的桌子。

「不、不愧是魔女大人……我差點就要將您舔光光了……」

瑠璃用手背擦了擦嘴。緋純則流著冷汗，露出苦笑。

多虧瑠璃的反應，無色成功蒙混過關。他趁兩人不注意時偷偷撫著胸口，鬆了口氣。

◇

「——注意事項第二點，是有關魔力的控制。」

時間再度倒轉，回到學園長室。

黑衣說完第一件注意事項後，豎起第二根指頭接著說道。

「控制魔力……嗎？我連魔力是什麼都不太清楚……」

「你可以理解成蘊含在所有生物之中的能量。大致可分為充滿整個世界的外在魔力，以及每個人體內的內在魔力。這兩者又分別稱為大魔力(Mana)與小魔力(Od)。」

黑衣配合手勢說明。

「請容我省去細節——總之彩禍大人的內在魔力遠遠超越常人。比方說有些大規模的魔術，一般魔術師必須仰賴外在魔力才能使用，但她光靠個人力量就能發動。」

「好厲害，不愧是彩禍小姐。」

「是的，她很厲害。然而現在在她體內那宛如瀑布的大量魔力因為未受到妥善控制而不斷向外溢出——你看見身體周圍的光了嗎？」

「…………咦？」

無色聞言低頭望向自己的雙手。
定睛一看，可以隱約看見身體周圍泛著光芒。
「哇……這是什麼？」
「那就是彩禍大人的魔力。你聽完我的說明後，開始意識到魔力的存在，進而感知到魔力。」
「咦，魔力這麼容易看見嗎？」
「當然不是。就算是年輕人，要感知到魔力平均也要花上一年的時間。別忘了你現在用的是彩禍大人的眼睛。」
黑衣以叮囑的口吻說道。
「請記住，凡是強大的魔術師都能感知到你現在的魔力狀態。不知是幸或不幸，彩禍大人才剛遭人暗算，這樣的狀態可以被解讀為提高警覺防範周邊……但總不能老是這樣。」
「也對……讓彩禍小姐一直外漏也不太好。」
「你的說法怪怪的，但就是這麼回事。首先你得學會將這股魔力收回體內——不，應該說『回想起』怎麼做。」
「『回想』是嗎？」
聽見這奇特的描述，無色回了聲「嗯」，雙手抱胸。

「是的，就像你剛才感知到魔力一樣，這些是彩禍大人的身體本來就具備的機能。只是現在控制身體的你不懂那是什麼感覺，自然無法發揮力量。所以你需要的是自覺與認知。」

「不過——」黑衣接著說：

「魔力本身就是一股強大的能量，就算不使用咒語、法陣或術式，光是將魔力集合起來拋飛出去，就能產生相當大的破壞力。更何況是世界最強的彩禍大人所具備的魔力——」

黑衣語帶威脅地說完，最後說了句「你千萬要小心」結束這個話題。

——第一堂是學科課。

想當然耳，即使到了上課時間，教室內的氣氛還是沒變。

不，正確來說，大家甚至比班會時更緊張了。

「「…………」」

眾人雖未失禮地一直盯著無色，但無色可以感受到教室內所有人都在注意他的一舉一動。要是無色不小心打個噴嚏，說不定還會有同學嚇到從椅子上跌下來。

「…………」

無色感到不太自在，忍不住輕嘆口氣。

這時坐在隔壁的瑠璃以其他人聽不見的音量向他搭話。

「——請您原諒他們吧。大家都很緊張。」

說完微微一笑。

瑠璃直到班會時都坐在較遠的座位，上課前卻不知為何換到了這裡。

原本坐在無色隔壁的同學正坐在瑠璃剛才坐的位子上瑟瑟發抖。瑠璃到底是怎麼跟對方談的？

「……嗯，我明白，但還是有種莫名的感受，就像被一隻看不見的手撫遍全身似的。」

「哎，這也沒辦法，畢竟魔女大人就近在身邊，大家不可能不在意。」

「也是……對了，妳會不會覺得『魔女大人被一隻看不見的手撫遍全身』這種形容不太好，卻讓人有種心跳加速的感覺？」

「咦，您看穿我的想法了？」

瑠璃臉泛紅暈，睜大眼睛問道。

無色好像漸漸明白她為何會被稱作天才了。

「——那、那麼……讓我們打起精神，開始上課吧。」

班導師栗枝巴站在講桌前，以不太有精神的口吻宣布。看來今天第一節是她的課。

她用顫抖的手指輕碰身後的白板，白板立刻亮起微光。原來是電子白板。

每位同學的桌上都可以看到平板電腦。真是充滿現代感——不，甚至可說是近未來感。這和無色聽見「魔術學園」時腦中浮現的景象天差地別。

之前無色向黑衣問起這方面的問題時，黑衣疑惑地說：「……？可以用電解決的事，為什麼要用魔術？」無色被講得啞口無言。

「——那、那麼，讓我們延續昨天的話題，來討論魔術史上的五大發現與變革……」

巴用微微顫抖的指尖操縱白板，開始上課。

同學們一邊觀察無色的反應，一邊低頭望向平板，寫起筆記。

「……如大家所知，魔術的歷史大致可分為五個世代：『魔力的發現』、『咒語的使用』、『陣與圖的使用以及對物質的賦予』——」

「……嗯。」

無色聽著老師的講解，輕撫下巴。

巴說的話他當然是一句也聽不懂。

不過無色不想虛度這段時光，畢竟這攸關他和彩禍兩人的性命。

他懷著打斷課程的歉疚感，緩緩舉起手。

「呃，請問——可以發言嗎？」

「「…………！」」

第二章
庭園

教室中所有視線瞬間集中至無色身上。

原本就很嚴肅的氣氛變得更加緊繃，學生們臉上也浮現緊張之情。

學園長到底想說什麼？——大家屏息以待，不願錯過無色的一舉一動。

「咿——有、有有有有有有有什麼需要改進的地方嗎……？」

至於巴，則以一副快哭出來的表情縮著肩膀，渾身顫抖。

這麼說不太好，但她那模樣就像一隻在冷雨中顫抖的棄犬。

「不，我只是有個問題想請教。」

「好、好的……是、是什麼呢……」

巴畏畏縮縮地反問無色。

無色有點擔心會被大家嘲笑，但還是決定說出內心的疑問。

「不好意思，是個非常粗淺的問題……可以請妳簡單說明一下魔術是什麼嗎？」

「「————！」」

無色一說完——

教室內便「窸窣……！」一陣譁然。

「……魔、魔術……是什麼……？」

「這不可能只是字面上的意思……一定是那種乍看簡單卻深奧到不行的問題……！」

「是個探問魔術本質的哲學問題……就像在問『人是什麼』一樣……！」

「學術會議常遇到這種狀況！『抱歉想問個外行的問題（我準備要修理你了）！我剛好懂一點魔術……！』」

「老師小心……！這可是魔女大人的提問……要是不小心說錯話——」

教室內充滿學生們的低語，個個都像這樣過度解讀無色的提問。他們或許自認已經壓低聲音，但無色聽得一清二楚。

不知巴是否聽見學生們的聲音，又或者覺得這些事根本不需要學生提醒，只見她的臉色由通紅轉為鐵青。

她努力想了一下該如何回答，最後彷彿全身上下的水分都要從臉孔噴出來似的，低下頭趴在講桌上。

「……！對、對對對對對不起，魔女大人……！鄙人才疏學淺，無法回答魔女大人如此深奧的提問……！請您、請您饒了小的一命……！」

「不，妳只要正常回答就行了。」

無色面露困惑，低喃著搔了搔臉頰。

巴像在窺探無色的臉色，瞄了他好幾眼後才小心翼翼地抬起頭。

「真、真的只要正常回答就行了嗎……？」

「對，請說個初學者也能聽懂的答案。」

「那、那就獻醜了……」

巴戰戰兢兢地開始說明。

「所、所謂魔術，是用魔力引起各種現象的技術……魔術種類繁多，這所〈庭園〉最常用的魔術是將魔力化為物質的『顯現術式』……請、請問這樣回答正確嗎……？」

巴一臉不安地望向台下的學生。眾人紛紛點頭，像是在說「沒錯」、「加油」。

「…………」

然而無色面有難色地摸了摸下巴——老實說他還是不太明白。

「可以請妳教我具體的做法嗎？最基礎的就行了。」

「咦……？好、好的……」

巴緩緩舉起手，豎起食指。

「我以前學的練習方式是像這樣用手指畫圓，讓魔力附在手指上……可以將手指想像成棒子，將魔力想像成棉花糖，會比較好操作……」

說著便轉動手指。

無色定睛細看，只見原本附在她身體周圍的光開始集中至手指上。

「嗯。」

原來如此，這點程度他應該也做得到。黑衣也說這種下意識認為自己做得到的感覺很重要。

無色模仿巴的動作豎起手指後，一邊想像棉花糖一邊轉動手指。

一瞬間。

他的指尖「嗡！」地生成了一道巨大魔力——

接著魔力擦過巴的頭髮，使電子白板炸裂開來。周圍的牆壁、地板和天花板全被挖空。

「——咦？」

教室前方就這樣突然開了個圓形的大洞。與此同時，牆壁和天花板內部的電線似乎也因而斷裂，教室瞬間斷電，大洞的剖面冒出火花。室外的風順勢吹了進來，將巴被裁斷的幾根頭髮吹得飄在空中。

「————唔咿————」

人驚嚇過度時，似乎連慘叫聲都發不出來。

巴翻著白眼，像斷了線的人偶當場倒地。

「老、老師————！」

「妳還真的教了基礎中的基礎，這怎麼行————！」

「請息怒啊，魔女大人……！老師絕對沒有看不起您……！」

學生們被這突如其來的狀況嚇得目瞪口呆，直到看見巴倒下才回過神來大叫。

在此氣氛中，唯有無色隔壁的瑠璃一臉敬佩地雙手抱胸，緩緩點頭。

「光是魔力就有這等威力——不愧是魔女大人。您是在告誡我們無論魔術演變得多麼複雜，都不能只耽溺在技術對吧？我會銘記在心的。」

聽見瑠璃自信滿滿地這麼說，發出哀號的學生們紛紛露出「咦……是這樣嗎……？」的表情望向無色。

「…………」

當然不是，這就只是單純的意外。

然而他不能讓大家發現最強魔術師也會犯這樣的錯。

「——哼，繼續精進吧，各位同學。」

無色努力安撫怦怦跳動的心臟，故作鎮定地說出一句感覺像是極彩魔女會說的話。

……他這才體認到，這個任務似乎比自己想像的還要艱難許多。

◇

——過完午休，第五節課。

無色和同學們一同從校舍來到一座名為練武場的設施中。

第二章

庭園

這是一棟位於〈庭園〉西側的巨型建築物，廣闊的場地上繪著陌生的花紋，周圍亦被陌生的機械環繞。此外還有階梯狀的觀眾席，以及開闔式的天花板。比起體育館或運動場，更像是大型場館或巨蛋，甚至堪比古羅馬競技場。

真是宏偉又巨大的設施。無色本該站在場地中央環顧四周，發出陣陣驚嘆。

但他沒有這麼做。

原因有二。

一是因為這不像彩禍會做的事。

二是因為——有另一項事物奪走了他的注意力。

「哇喔……原來如此……這真不錯……」

他低頭望著自己的身影，低聲喃喃自語。

沒錯，今天第五、六節是術科課，無色因而將身上的制服換成了易於行動的運動服。短袖運動衣配上長版貼身襯衣和短褲，不但穿起來輕薄舒適，而且用了和制服相同的布料，因此質地相當強韌。

如此活潑的裝束，乍看和長相頗具神祕感的彩禍不甚搭調，但無色想都沒想過這難以言喻的不協調感竟意外為彩禍增添一股新的魅力。他深深覺得這裡沒有全身鏡真是太可惜了。

正當無色這麼想時，忽然聽見身後有人倒抽口氣。

「……唔！穿運動服的魔女大人……？我、我竟然能看見這幅光景……！這根本就是期間限定的扭蛋……我、我非扭不可……！」

不用說，那人當然是瑠璃。她穿著和無色相同的運動服，一副頭暈目眩的樣子，似乎感到很混亂。

她舉起手做出拍照動作，手裡卻什麼也沒拿。意識到這點後，瑠璃悔恨地用腳跟狠踹練武場的地板。

「唔……！為什麼我身上偏偏沒帶相機呢？」

「妳應該放在更衣室了吧……」

站在瑠璃身後的緋純搔了搔臉回答。

「為什麼會放在更衣室？」

「因為要上術科課……」

瑠璃和緋純一來一往對話時，一名男子踏著慵懶步伐從練武場裡頭走了出來。

「呼啊～～……喂，小鬼們，趕緊整隊。」

說著睏倦地打了個呵欠。

無色見到那人後，眉毛微微抽動。

沒錯，出現在練武場的正是昨天與無色交手過的〈騎士團〉成員，安維耶特・斯凡納。

第二章
庭園

無色這才想起他平時是老師。

安維耶特的傷似乎已經痊癒，不知是怎麼治好的，身上已看不見繃帶。他穿的不是昨天的西裝褲和背心，而是黑底金邊的運動套裝。不過脖子和手腕上仍戴著大大小小各種首飾，看起來不太適合運動。

「我們開始吧，暖身完來進行顯現術式的基礎練——」

話說到一半，安維耶特忽然瞪向無色。

「……啥？妳在這種地方幹嘛，混帳久遠崎？還穿著學生的運動服。這次又要耍什麼花樣了？」

他皺起眉頭，露出威嚇的神情。

瑠璃搶在無色回話前雙手扠腰，上前一步。

「怎麼，昨天發生過的事，你這麼快就忘啦？魔女大人在定期會議上不是說要以學生身分來上課嗎？」

「啥？那是認真的嗎？妳腦袋到底在想什麼？」

安維耶特挑起一邊眉毛質問無色。

無色不慌不忙地笑著答道：

「是啊——我的身體最近變得有點鈍，想藉由訓練找回初心。這樣既能直接觀察學生們的學習狀況——」

接著以演戲般的誇張動作露出自信的微笑。

「——又能確認教師實力是否達到應有的水準。」

「……什麼？」

這番話讓安維耶特額頭冒出青筋。

他會有這樣的反應很正常。畢竟無色這麼說，就像在拐個彎指責他能力不足。

不過這樣的反應正中無色下懷。

黑衣說過瑠璃絕不會對彩禍的行動有異議，艾爾露卡通常會表示理解，安維耶特意見雖多，但只要適度地對他使出激將法就能蒙混過關。

「這樣正好。不過有個前提，那就是妳必須搞清～～～～楚自己的身分。無論理由為何，妳現在都是〈庭園〉的學生，這是對老師應有的口氣嗎？是嗎？」

「什……！安維耶特，你——」

聽見安維耶特的挑釁，瑠璃氣得皺眉。

然而無色抬手制止瑠璃，微微一笑道：

「——呵，說的也是。抱歉了，『老師』。」

「…………！」

無色以殷勤多禮卻又高高在上的口吻說完，安維耶特臉上的怒意更加明顯。看見安維耶特在自己面前發飆，無色其實有點害怕。

但彩禍可不會怕這種事，因此無色努力不表現出自己的緊張。

「……好啊，既然妳主動來了，我就徹底磨練妳一番。萬一哭出來可別怪我喔！」

安維耶特撂下狠話後便走向後方。

然後對那些屏息旁觀兩人對話的學生們大聲吼道：

「喂，你們這些小鬼，愣在這兒幹嘛！快點開始暖身！」

「「遵、遵命！」」

學生們同聲回應後連忙整隊，開始伸展。

看樣子這堂課有固定的流程。無色模仿前排同學的動作，活動手腳。

這時安維耶特的吼聲傳來。

「不要只是做做動作，久遠崎！好好伸展肌腱！輕忽暖身可是會受傷的，知道嗎！」

「咦？好……抱歉。」

無色遵照他的指示，伸展後腳筋。

不久，安維耶特再度大喊。

「伸展好了就去跑操場三圈！少在那裡慢吞吞的！」

「好——嗯？三圈就夠了嗎？」

聽到「徹底磨練」，無色還以為安維耶特會出更多難題來刁難自己，因而傻眼地回問。

安維耶特跺著腳走過來，像漫畫中的不良少年般吼道：

「妳是白痴嗎？這可是暖身，運動過度反而會造成身體負擔，這不是常識嗎？妳好歹也是教育家吧？與其沒頭沒腦一味增加動作，不如提升每個動作的品質。注意擺手的動作和步距，聽到沒有！」

「好、好的。」

無色內心感到不可思議，仍乖乖和其他同學一起開始慢跑。

跑在他旁邊的緋純像是察覺到他的心思，苦笑著說：

「哈哈……安維老師長得很恐怖，講話也很難聽，但那些話都很有道理……」

瑠璃一臉平靜地接話：

「可見他其實是個一板一眼的人。雖然討厭魔女大人，但又不能草率對待自己的學生，內心很矛盾。真是的，何必裝作一副壞人樣呢？」

「…………」

無色因而對安維耶特有些改觀。

過了一會，慢跑結束，學生們再度聚集至練武場中央。

第二章

庭園

安維耶特站在大家面前。

「身體暖起來了吧？那我們就開始吧。」

說著便將手裡的金屬球拋了出去。

那顆球周圍隨即泛起微光，光芒化作手腳的形狀，接著開始跳上跳下。看來似乎是個飛靶，應該也是由魔術變成的，這樣的技術真令人嘖嘖稱奇。

「首先——不夜城出列。」

「是。」

瑠璃被點到名，上前一步。她不知是受無色影響還是平常上課時都會守規矩，口氣比剛才禮貌許多。

「那麼，魔女大人，獻醜了。」

「好，讓我看看妳的本事吧。」

無色說完，瑠璃臉頰泛紅喊了聲「喝啊！」鼓舞自己。

她瞇起眼睛集中精神——將手伸向前方。

「〈千日不夜城〉第二顯現——【燐煌刃】。」

喊出招式名稱的瞬間——

她的頭部便浮現兩片泛著瑠璃色光輝的花紋。

——那是界紋，使用顯現術式時會浮現的發光紋路。

和彩禍頭頂以及安維耶特背後的光環是同樣的東西，但瑠璃的界紋不像天使的光環或背光，比較像勇猛的武士頭盔，甚至令人聯想到發怒的鬼。

而後瑠璃舉在前方的手也泛起光芒——手中出現了一把長柄武器。

那是一把長長的薙刀，刀刃部分由搖曳的光輝構成。瑠璃輕鬆耍弄了一下薙刀後，將刀柄固定在身側，擺出備戰姿勢。

「————」

這如夢似幻的光景讓無色不禁睜大眼睛。

他昨天已見過安維耶特的第二顯現，以及彩禍的第四顯現。

不過這還是第一次以第三者的角度冷靜地觀察這名為顯現的魔術。

「——隨時可以開始。」

瑠璃靜靜地說。

安維耶特聞言彈了一下手指，在前方待命的金屬球隨即扭動著由光構成的手腳，開始高速移動。

那速度不要說攻擊，就連拍照都有困難。

然而瑠璃一點也不慌張，讓視線集中在目標上。

第二章

庭園

「——呼——」

她輕吐一口氣，同時揮下薙刀。

閃亮的刀身劃出一道有如眉月的軌跡。

下個瞬間，被一分為二的金屬球便落在瑠璃身後的地面，發出沉重聲響。

那一擊無比精湛，毫無多餘的動作。

停了一拍後，同學們「「喔喔……」」的讚嘆聲響遍四周。

「哼，還算及格。」

安維耶特用鼻子哼了一聲，雙手抱胸。

瑠璃讓手中的薙刀消失不見，一邊回應：

「謝謝。我本來還擔心老師只喜歡那種華麗又充滿多餘動作的招式呢。」

「什麼？」

安維耶特不禁皺眉。緋純冒著冷汗，連忙推著瑠璃的背將她推離現場。

「嘖……算了。下一個換久遠崎，妳來。我不知道妳是哪根筋不對才跑來上課，總之機會難得，讓這些小鬼見識一下學園長的實力吧。」

說著便再度將金屬球拋至空中。

「呃，可是，我——」

無色趕緊思索推託的藉口。

畢竟剛才學科課時，他只是隨意聚集一下魔力就炸壞了教室。他現在還無法完全控制彩禍的魔力，以這樣的狀態進行實戰演練不知道會發生什麼事。

「「…………」」

然而在同學們的注視之下，無色微微搖了頭……老實說他自己也很焦慮能否成功，但又覺得在這時臨陣退縮很不像彩禍的作風。

「好──我知道了，讓我小試身手吧。」

無色裝作自信滿滿的樣子，向前走了一步。

他垂下視線，腦中浮現昨晚黑衣教的內容、昨天與安維耶特交手的畫面，以及剛才瑠璃施展的魔術。

最新的魔術術式──顯現術式。這是一項奇蹟般的工程，讓無形的事物擁有形體，其基礎正來自魔力的物質化……據說如此。

他想像成捏黏土般揉捏著魔力。

不知為何，明明是初次體驗這種感覺，操作起來卻十分順手。

不過他得小心點，否則可能會重演教室的悲劇。

他盡量抑制自己的力氣，小心地、安靜地、保守地，像用小指將東西彈飛那樣──

第二章
庭園

「————！」

無色猛地睜開眼睛，抬起頭來。

這時他才發現安維耶特和瑠璃不知何時擋在了自己面前。

而且他倆都滿頭大汗，氣喘吁吁。

——就像在與一名強大的敵人對峙似的。

不僅如此，安維耶特背後浮現了兩圈光環，瑠璃頭部也浮現鬼面具般的花紋，兩人手裡握著三鈷杵和薙刀。

那是第二顯現。被譽為〈庭園〉最強戰力的兩名騎士皆進入了備戰狀態。

「呃——」

無色不明白發生什麼事，呆愣地站在原地，忽見斗大的汗珠沿著安維耶特的下巴滑落。

「唔……久遠崎，妳這傢伙……到底想幹嘛……？想把練武場——不，想把整座〈庭園〉炸飛嗎……？」

「咦——？」

接著瑠璃也身體癱軟，整個人跪坐在地。

「很、很抱歉，魔女大人……！我竟然拿刀對著您……！可是我的身體不聽使喚……」

瑠璃說完，深深低下頭。

「呃，那個……」

無色一頭霧水，看樣子應該是自己差點捅了什麼婁子。

他思索著該如何回應——

「……呵，你們倆反應挺快的嘛。」

無色知道這麼說有些牽強，還是決定好好稱讚一下兩名騎士。

瑠璃就不用說了，安維耶特聽完依舊瞪著無色。

「…………」

……無色沒想到自己已經這麼小心了還會有危險。他低頭望向自己白皙纖瘦的手，再度體認到自己獲得的這份力量有多強大。

◇

——第五、六節課後來順利進行，平安結束。

無色聽從安維耶特的指示，什麼事都不做，就只是在一旁見習。

不過他沒什麼好抱怨的，反而很感謝安維耶特這樣的安排。

畢竟他仍舊不太明白如何操縱彩禍那過剩的魔力。能像這樣親眼觀察學生施展魔術，對他而言非常有幫助。

另一方面，被學園長近距離觀察，對學生來說也是很好的刺激。看來安維耶特偶然採取了一個對雙方都最有利的措施。

「——好了，我們走吧，魔女大人、緋純。」

安維耶特離去後，瑠璃邊伸懶腰邊說。

抱膝坐在地上的無色點頭回應瑠璃，站了起來。

「呵呵，我很少能像這樣直接觀察上課狀況，算是不錯的刺激。」

「啊哈哈……老實說我緊張得連上了什麼都不太記得了……」

「咦咦？太可惜了。能在魔女大人面前施展魔術的機會可不常見。」

三人聊著天，走向附設在練武場旁的更衣室。

此時——

「——————啊。」

無色一進更衣室，頓時停下腳步。

之所以如此，是因為女子更衣室裡已經有好幾名女同學——

大部分都只穿著單薄的內衣褲。

「……唔！」

心臟加速跳動。無色暗自咒罵自己的大意。

仔細想想這也是理所當然。無色現在以彩禍的模樣示人，用的自然是女子更衣室。而更衣室不用說，正是換衣服的地方。

正因明白這點，無色第五節課開始前便等所有人都換好衣服後，獨自進入更衣室。

然而他剛才在和瑠璃、緋純聊天，完全忘了這回事，一整天的課程結束也讓他有些鬆懈。面對這片少女們專屬的園地，無色一時之間無法動彈。

「呼～～……總覺得比平時還累……」

「是啊～～不過能被魔女大人旁觀很榮幸呢。」

「不覺得安維老師慌張的樣子有點可愛嗎？」

「我懂，男人越愛裝壞，被攻略時就越弱勢，這是最近的主流喔。」

「啊，換好衣服之後借我止汗噴霧～～」

「好喔。」

——如此這般。

年輕的女孩們輕鬆聊著天，大方地將肌膚裸露出來。

平時無法看見的胸部和臀部僅被薄布包覆，一一呈現在無色面前。

「……——」

無色雖對彩禍一見鍾情、忠貞不二，若問他是否對其他女生毫無感覺，答案是否定的。真可悲，這就是雄性動物的天性。花樣少女的柔軟肌膚、聲音和氣味都對無色的大腦產生強烈刺激，幾乎要麻痺。

「……？怎麼了，魔女大人？」

「您臉色很不好呢……」

瑠璃和緋純注意到無色不太對勁，疑惑地向他搭話。

「啊、呃，我沒事——」

無色試圖帶過，一邊搖頭一邊打算回答——

然而看到她們後，他的動作再度停了下來。

瑠璃和緋純似乎在無色僵住時已經開始換起衣服。

換言之——她們也和其他人一樣脫下了運動服，只穿著內衣褲站在那裡。

「————」

那模樣令他看得出神。

瑠璃畢竟是他妹妹，他們以前還一起洗過澡，就算只穿著內衣褲也不可能奪走他的目光——無色幾秒之前還這麼想。

然而多年不見，妹妹的豔麗姿態竟帶來意想不到的強烈感受，撼動著無色的意識。

她穿著樣式簡單的淺藍色成套內衣褲，底下毫無贅肉，散發出一股脫俗的氣質。戰士與少女，兩種相反的要素共同呈現在那纖瘦的肢體上。無色不由得倒抽口氣。

緋純的身材則與瑠璃呈現鮮明對比。暖色調內衣底下溫柔包覆的是隔著制服或運動服看不出來的大規模毀滅性武器。

「隱性好身材」——無色腦中浮現這個彷彿記載在古書中的傳說級詞彙。緋純溫和無害的長相，配上性感豐滿的身形，兩者合為一體，將無色的腦袋重擊至混沌的深淵。

——糟糕，真是太糟糕了。

無色感覺自己滿臉是汗。他本來就被意料之外的景象嚇得心臟猛跳，這般追擊更是讓他受到重創。沒想到認識的人只穿著內衣褲的模樣竟會如此攪亂他的心緒，他得趕緊找回平常心——

「……唔？咦、啊——」

霎時間，無色感覺身體一下子熱了起來。

他原以為是自己太過興奮而感到頭暈——結果不是。

這種全身上下血脈賁張的感覺是——

「…………！」

無色在無以名狀的焦躁感驅使下，衝進更衣室深處的一扇門內，接著用力關上門。

不知為何，他有預感自己不能繼續待在那裡。

他這才意識到自己衝進了淋浴間。牆上掛著許多蓮蓬頭，有簡易的隔間，門的上下方都留有空隙。

不知是沒有人會在上完術科課後沖澡，還是想洗的人都洗完了，淋浴間裡空無一人。無色暫時鬆了口氣。

『魔女大人！您怎麼了？』

門外傳來瑠璃驚訝又焦急的呼喊聲。

這也無可厚非，畢竟彩禍突然躲到了淋浴間。

「沒、沒事……不用擔心。我只是——」

無色正想向瑠璃解釋，卻突然說不出話。

因為他的身體開始微微發光。

「這、這是……」

他睜大眼睛，無法理解自己身上發生了什麼事。

——幾秒後光芒逐漸減弱，剛才持續感受到的灼熱感也平復下來。

總之看來沒什麼大問題。無色撫著胸口，放下心來。

「這到底是怎麼回事——」

第二章
庭園

然而——

當他這樣喃喃自語時，有股強烈的異樣感。

因為他聽見自己喉嚨發出了陌生的聲音——不，應該說變成「再熟悉不過」的聲音。

「…………！」

無色倒抽口氣，低頭望向自己的手。

——「不一樣」。

不是彩禍那雙美麗的手，而是指節明顯、血管隆起的少年的手。

不只如此，連胸前那對豐滿的胸部也不見了。

「不會吧——」

無色四處張望，跑到牆邊，探頭望向位於較高處的玻璃窗。

「————」

窗上映出的那張臉讓他一時之間說不出話。

當然嘍，因為在玻璃窗上以驚訝的表情和無色對望的——

正是「玖珂無色」本人。

「為什麼……是我……？」

沒錯，那蓋到眼睛的瀏海、乍看像在放空的眼睛，還有蒼白的肌膚。

無疑就是與彩禍合體前的無色。

黑衣的確曾對無色說兩人現在是合體狀態，只是彩禍的特徵較為突出。

然而話雖如此，怎麼會這麼突然就——

「啊……」

這時無色才想起。

昨天黑衣欲言又止的最後一件注意事項。

「接著是第三件，也是最後一件注意事項——」

在中央校舍最高樓層的學園長室。

黑衣正在告訴無色進入〈庭園〉上課時的注意事項，豎起第三根手指後卻又停住不說。

接著沉默了數秒，像在思考什麼似的。

「……？第三點是什麼？」

「……沒事，忘了我說的吧。應該沒問題。」

「咦？是什麼？這樣我很在意耶。」

「關於這點還是別太放在心上比較好，而且就算事先知道也很難應付——萬一有什麼狀况，我會直接幫你處理，不用擔心。」
黑衣一臉平靜地說完，無色不滿地噘起嘴脣。
「……黑衣，妳是故意講來讓我在意的吧？」
「當然不是。」
黑衣若無其事地別開視線，這麼回答。

「她說的難道是這個嗎……？」
肯定是這樣沒錯。這狀況無色的確無法應付，即使事先知道也可能會緊張得言行舉止變得不自然——不，話雖如此，既然有可能發生這麼嚴重的狀況，無色還是希望黑衣能先告知他。
『魔女大人！魔女大人！您沒事吧？我要開門嘍！』
「……！」
瑠璃擔心地詢問，敲了敲門。
無色嚇得肩膀抖了一下。
這裡是女子更衣室附設的淋浴間，而無色現在是男性。

絕不能讓瑠璃在這時開門。無色下意識出聲制止。

「先別開門，我沒事——」

『……！這聲音是……？』

「——啊。」

完蛋了。無色連忙摀住自己的嘴，但已經太遲了。

門外的少女們開始議論紛紛。

『咦……怎麼回事？是男人的聲音……？』

『剛才進去的是魔女大人對吧？』

『難道有人事先躲在淋浴間……？』

『是技巧高明的變態——』

『魔女大人發現後，獨自進去處置犯人嗎？』

『我們現在就來救您，魔女大人……！』

『啊，等一下，先讓我穿件衣服……！』

更衣室突然像這樣亂成一團。

無色的喉嚨不由得「咿」地抽了口氣。

絕不能在這時被人看見。然而他無法從更衣室逃走，淋浴間的窗戶對身為男性的他而言也窄了一些。

「總、總之先聯絡黑衣——」

「——你找我嗎？」

「嗚哇！」

這時窗戶喀啦一聲被打開，黑衣探出一顆頭。

事出突然，無色嚇得腳一滑，直接跌坐在地板上。

「好痛痛痛……」

「請你小心，現在你的身體同時也是彩禍大人的身體。」

黑衣說著便扭了身從窗戶進入淋浴間。她不但身材纖瘦，動作也很靈巧。無色總覺得自己好像看見了特技演員或逃獄的犯人。

「我感知到魔力混亂就來了——果然發生了存在變換。」

「存在變換？那是什麼……」

「等等再仔細說明，現在先解決問題。」

黑衣說完，一步步接近無色。

無色想起黑衣說過萬一發生事情，她會直接處理。

「有什麼解決辦法嗎？拜託妳，快點——」

無色話說到一半，停了下來。

原因很簡單。因為黑衣將他逼到牆邊，將手撐在他的臉旁邊。

「那個，黑衣？請問這是……」

「請安靜，不然我手會抖——不，應該說嘴會抖。」

黑衣話一說完，便用另一隻手勾起無色的下巴。

接著將臉緩緩靠近。

鼻子、臉頰皆能感受到黑衣呼出的氣息。

那細緻的肌膚、彷彿要將人吸入的漆黑雙眸，以及點綴在雙眸上的長睫毛占據了無色的視野，使他的心臟一下子縮了起來。

「黑衣，等——」

「嗯……」

黑衣不顧無色的制止，將自己的雙唇貼在無色的唇上。

柔軟的觸感；略帶水氣的接觸聲；令人麻痺的芳香。這些交織在一起，蹂躪著無色的大腦和身體。

「————」

在混亂的意識中，無色不知為何想起了那一晚與彩禍的吻。

「——魔女大人！您沒事吧？」

運動服前後穿反的瑠璃一邊大喊，一邊用力打開淋浴間的門。

她身後站著緋純和其他女同學，每個人臉上都浮現緊張之情。雖未顯露出界紋，但皆已進入備戰狀態。

瑠璃早就想衝進來了，是緋純拜託她：「瑠、瑠璃，至少穿上運動服吧……！」害她多花了點時間。她像要彌補晚到的過失，迅速環顧四周——

「……奇怪？」

她看著門後的光景，錯愕地說了。

淋浴間裡只有穿著運動服的彩禍。

「魔女大人……？不是有男人躲在裡面嗎……？」

「……嗯？什麼意思？淋浴間裡沒有別人啊。」

彩禍這樣回答。

……然而瑠璃仍覺得怪怪的，歪著頭再度詢問。

「呃，魔女大人。」

「怎麼了？」

「您為何突然衝進淋浴間？」

「沒什麼……我只是想沖個澡。」

「您為何靠在牆上？」

「喔……因為我腳滑了一下。」

「……您的臉為何這麼紅？」

「這個嘛……」

彩禍用指尖碰了碰嘴唇，接著豎起那根指頭說：

「……是祕密。」

◇

「——好險趕上了。」

黑衣「處理」完之後，從淋浴間的窗戶溜出去，拍著溼了的裙襬喃喃自語。看來還要花點時間才會乾，但這也沒辦法，畢竟她是沿著淋浴間的牆壁爬出來的。

「不過真沒想到才第一天就發生存在變換。看來還需要更進一步的——」

話說到一半。

「…………」

黑衣當場蹲了下來，用雙手摀著臉。

——就像想遮住泛紅的臉。

「…………雖說我早有心理準備，做的時候還是會害羞……」

她用沒人能聽見的音量小聲嘟囔。

然而，過了十幾秒之後。

「……好。」

黑衣恢復成面無表情，輕巧地站起身，彷彿什麼都沒發生似的通過〈庭園〉的校園。

✦第三章　變換

〈空隙庭園〉大致由五個區域組成。

中央區域為中央校舍與抗滅亡因子作戰司令總部的所在地。

東部區域林立著其他教學大樓、醫療大樓以及各種研究機構。

西部區域以練武場等訓練設施為中心。

北部區域多為學園長的宅第或私人機構等未向學生開放的設施。

南部區域則是宿舍與商店櫛比鱗次。

因此，無色原以為自己下課後會回到北部區域。

然而——

「黑衣，這裡是？」

「如您所見——這裡是〈庭園〉女生第一宿舍。」

無色望著眼前的建築物問，黑衣以毫無起伏的語氣回答。

沒錯，無色好不容易結束第一天的課程後，被在中央校舍前等待的黑衣莫名其妙地帶到

第三章
變換

南部區域的宿舍前。

這是一棟三層樓的長形建築，儘管巨大卻又不失雅致。比起學生宿舍，更像高級的低層公寓。

「如果我沒有搞錯，所謂的女生宿舍應該是女學生集體生活的地方吧？」

「是的，而彩禍大人您現在正是女學生。」

「是這樣沒錯——但妳應該有其他考量吧？」

「您真是慧眼獨具，彩禍大人。」

黑衣似乎受夠了這種迂迴的說話方式，乾脆壓低音量說明：

「——若你待在宅第，萬一發生什麼事可就沒人能保護你了。因此，還是讓你入住不夜城騎士住的宿舍最保險。」

「……原來如此。」

他在〈庭園〉中待最久的地方確實是住處，而非校園。即使上課時有騎士隨侍在側，倘若住處缺乏戒備也沒用。

「但仍有個問題。我現在雖然是全世界稱羨的超強S級美少女——」

「不用加那些多餘的形容。」

黑衣嫌惡地瞇起眼睛。無色說了聲「不小心的」，接著說：

「可是我的靈魂依舊是個男生，進女生宿舍不太好吧？」

「我明白你的心情，然而現在是非常時期。你死了，彩禍大人就會死；彩禍大人死了，整個世界也會滅亡。」

「這——倒也沒錯。」

無色雖然這麼說，內心卻覺得黑衣的說法有點奇怪。

他明白自己死了彩禍也會死，但將彩禍的死與世界滅亡畫上等號感覺不太精準，不像她會說的話。

彩禍一死，全世界的確會陷入危機。然而在無色聽來，黑衣那種說法更加直接——彷彿彩禍死亡的瞬間，世界就會直接毀滅。

「不過請放心。」

不知黑衣有沒有察覺到無色的心思，她只淡淡地說：

「學生一般是兩人共用一間房，我已經為你安排好，可以獨自住一間。」

「這樣啊，那就好。」

「你畢竟是男性，應該會有一些需求。」

「不，這倒沒關係。」

「哦？不需要嗎？」

第三章
變換

「……感謝妳的體貼。」

無色別開視線說完，黑衣聳聳肩，嘆了口氣。

「這邊請。」

黑衣說完便領著無色進入女生宿舍。

無色按捺著緊張跟在黑衣身後，踏入這片女性的園地。

他們通過電子感應式大門，穿過大廳。裡頭的設備和裝潢以學生宿舍而言相當豪華。

「——對了，無色先生，在學園上課感覺如何？」

黑衣在途中以耳語的音量這麼問，無色微微點頭回答：

「我本來有點緊張，但周圍的人比我更緊張，反而讓我得以冷靜……不過要想自在操縱魔術還要花一段時間。」

「有沒有出什麼狀況呢？」

「……呃，有是有。」

「聽說二年一班提出了教室修繕的申請。」

「……我很抱歉。」

「…………」

無色別開視線回答，黑衣則給了他白眼。

不過黑衣似乎也不認為打從一開始就會一切順利。她只無奈地嘆了口氣，沒有繼續追究，安靜地穿過宿舍走廊。

「——就是這間。」

黑衣帶他來到位於女生宿舍三樓的房間。大約五坪大的空間擺著高級的床鋪、書桌、衣櫃和化妝台。無色覺得這些家具的風格和他剛醒來時見到的彩禍臥房內的家具很類似。

「好漂亮喔，學生宿舍竟然這麼豪華……」

「其他房間用的都是普通家具。這裡畢竟是彩禍大人的房間，所以我事先打點好了。」

黑衣說著便按照順序向他介紹家具。

「替換用的衣服和生活用品，我已經幫你拿了需要的量過來。如果不清楚怎麼使用，請再跟我說。我就住在右側的三一六號房。」

「啊，妳也要住宿舍啊？」

「那當然，畢竟我的工作就是照顧彩禍大人。另外，左側的三一四號房就是不夜城騎士的房間。萬一發生什麼事，她應該能立刻趕到。」

黑衣說了聲「好了」，抬起頭來。

「房間導覽結束，我們去下一個地方吧。」

她說著打開房門，來到走廊上。無色跟在她身後離開房間。

第三章
變換

「下一個地方是哪裡？」

「一樓——就某種意義來說，可能是你待在這棟宿舍時最重要的課題。」

「最重要的課題……？是什麼？」

「沒錯，就是——」

他們一面對話一面穿過走廊。

「——魔、魔女大人？」

「咦？」

經過轉角時，碰上了從右方走來的瑠璃與緋純。

她們倆都因為這突如其來的相遇而睜大眼睛，面露驚訝。這很正常，畢竟她們從未想過彩禍會出現在自己的生活圈。

瑠璃彷彿看見令人難以置信的景象，將臉轉向緋純。

「……緋、緋純，拜託妳用力揍我一拳。我一定是在作夢，不然哪有這麼好的事？憧憬的對象忽然轉到自己班上，還和自己同宿舍，根本是老套的戀愛喜劇。這樣下去我可能會不小心吃她豆腐……快點……！在我的妄想玷汙魔女大人前把我打醒……！」

「冷、冷靜點，瑠璃。我也看見了。」

「哈哈哈，別開玩笑了。」

瑠璃臉上露出乾笑，捏了捏自己的臉，再度轉向無色。

「嗚哇～～！真的是魔女大人～～～～～！」

她這次詫異地大叫，當場跌坐在地。

無色望著她，優雅地笑了笑。

「嗨，又見面了，瑠璃、緋純——我現在也是學生，所以從今天起會暫時住在這裡。」

「真、真真真真真真的嗎？順、順便問一下，您的房間是……」

「三一五號房。」

「就在隔壁～～～～～～————！」

瑠璃以破音的聲音大叫後，向後一倒。緋純連忙跑到她身邊。

「瑠璃！妳還好嗎？」

「我、我可能要不行了……這幸福已明顯超過我能承受的範圍……我死後請告訴我哥哥……我一直以來都堅強地活著……還有我打從心底愛著他——」

瑠璃完全失去力氣，但她的表情十分幸福。

「瑠、瑠璃————！」

緋純摟著瑠璃的肩，大聲呼喚她。

無色這下有些擔心起來，探頭望向瑠璃的臉。

「……她沒事吧？」

「是，她偶爾會像這樣倒下，只要休息一下就好了。」

緋純突然恢復冷靜，回答無色。

無色表面上裝作平靜，內心卻困惑不已。緋純說了聲「那就失陪了」，將手臂穿過癱軟的瑠璃腋下，發出沙沙聲響拖著她離去。那熟練的模樣就像是連環殺手在處理屍體。

目送兩人進入三一四號房後，無色回頭望向黑衣。

「她是S級魔術師吧？」

「是S級魔術師沒錯。」

黑衣像要轉換心情般清了清喉嚨。

「還是趕緊下樓吧，我們沒太多時間可以磨蹭。」

「啊，也對。到頭來那個最重要的課題到底是什麼？」

無色問完，黑衣回以一個認真的眼神。

「——就是洗澡。」

幾分鐘後。

無色被黑衣帶到宿舍一樓大澡堂的更衣室。

更衣室空間很大，牆邊設有櫃子，上頭放著許多個人用洗衣籃。內部有好幾座洗手台，再往裡走有一大扇通往澡堂的玻璃門。

「最重要的課題……就是這個嗎？」

無色流著冷汗問道。

他也不是不明白黑衣的意思。昨晚他為了看彩禍的紀錄影片熬了一整夜，是黑衣在他看影片時幫他擦拭身體，因此現在是他變身成彩禍後第一次洗澡。

「是的。我在門口張貼了『瓦斯安檢中，請勿使用』的告示，趁現在快點洗吧。總不能讓你和女學生們一起洗。」

「嗯……說的也是。不過真是太好了，原來妳也會注意這種細節。」

黑衣瞇起眼，用鼻子輕哼一聲。

「這麼做並非顧慮學生，而是因為關乎全世界的命運。我才沒心情管學生的裸體是否會被看見——重點是不能讓人看見你的真面目。」

「咦？」

「細節等進去澡堂之後再說。我們時間不多，而且最好還是盡量縮短像這樣毫無防備的時間。」

黑衣催促無色。無色疑惑地歪過頭，但仍照她說的隨便抓了個洗衣籃。

這時他的動作停了下來。

「——黑衣。」

「怎麼了，突然一臉嚴肅？」

「要洗澡就意味著——要脫衣服對吧？」

「……嗯，是的。」

「我相信彩禍小姐一定具有一副完美無瑕的身體，就像頂級藝術品一樣，展示給任何人看都不會丟臉。

而我又是正值青春期的男高中生。若問我想不想看——當然是想看到不行，還想烙印在腦子裡。再者清洗身體時又能盡情觸碰平時碰不到的地方，害我內心小鹿亂撞。」

「這種話還是別說出口比較好。」

黑衣聽了皺起眉頭，無色卻不甚在意，以激動的口吻繼續說：

「可是……可是……！雖然彩禍小姐的意識現在不知去向，她的身體還是要由她自己作主，豈能容我亂看、亂碰、亂揉……！」

「怎麼覺得你又加了一個動作？」

黑衣以厭煩的口氣吐槽，最後仍點了頭表示同意。

「現在是緊急狀態，我想彩禍大人應該也不會苛責你……不過我明白你的意思。沒想到你這個人意外地紳士。」

「謝謝誇獎。與其用這種不光明的方式偷看她的身體，我更希望在我們有一定的感情基礎後，她自己展露給我看。羞恥感是很重要的一環。」

「你現在是要挑戰最快讓我收回前言的紀錄嗎？」

黑衣長嘆一口氣後，從懷裡拿出一條細長的黑布。

「好吧，我明白了。我會在能力所及的範圍內回應你的需求。」

「這是？」

無色問完，黑衣只說了聲「失禮了」就用那條布蒙起他的雙眼。

這突然的舉動令無色驚訝，但他很快就意會過來。

這樣他就看不見彩禍的裸體了。

「原來如此……但蒙著眼洗澡感覺很危險……要是腳滑跌倒可就糟了。」

「關於這點，你大可放心。我會和你一起進澡堂，從洗頭、洗澡到穿衣服，都由我一手包辦。」

「總覺得這樣會衍生出其他問題……」

「不會有問題的，彩禍大人還在的時候我也常幫她洗。」

「咦……？可以再多告訴我一點相關的細節嗎？」

「可以是可以，但老實說我很想拒絕——要脫衣服嘍。」

下個瞬間，黑衣的手伸了過來，碰到無色的身體。

接著順勢脫下他的制服。

「哇……太突然了……」

這奇妙的感受讓他不由得叫出聲。

被人脫光衣服對他而言本來就是陌生的體驗。不僅如此，視野還被遮住，無法預測對方接下來要碰哪裡。這意外展開的危險遊戲使他的心跳越發快速。

黑衣不顧無色的心情，一點也沒有要罷手的意思。

決定命運的一刻終於到來。黑衣將手繞到無色背後，發出些微的喀嚓聲，胸口的束縛隨之解開。

「啊嗚！」

無色愣了一下，才意識到原來是內衣釦被解開。原被鋼圈支撐的兩個重量垂在胸前，他差點忍不住用手去接。

「……黑衣。」

無色壓抑著總覺得變喘的呼吸，呼喚黑衣。

「怎麼了？」

「雖說我確實看不見……但這樣好像也很不妙。」

「……還是該讓你昏過去嗎？」

黑衣的語氣聽起來像是認真在考慮這件事。

要是再說下去，可能真的會被黑衣壓住頸動脈導致昏厥，因此他趕緊搖了搖頭。

不久，前方傳來衣物摩擦的沙沙聲。

無色察覺事情有異，微微蹙眉。

「……呃，黑衣，這是什麼聲音？」

「我在做些準備，你不用在意。」

黑衣一說完，無色的手臂便感受到一陣柔軟觸感。

「咿唔！」

他的身體不禁抖了一下。接著同一個方向便傳來黑衣冷靜的聲音。

「抱歉，我準備帶你去浴室，所以碰了你的身體。」

「喔……這、這樣啊，也對……呃，雖然覺得不太可能，該不會連妳也脫光了吧？」

「我是脫光了沒錯。」

「……為什麼？」

「為什麼?當然是因為怕衣服弄溼啊。」

我不是在問這個——無色心裡很想這麼說，聲音卻卡在喉嚨發不出來。

因為黑衣比剛才更加緊密地貼著他的身體。

「那個，黑衣?妳會不會靠太近了……?」

「畢竟你現在蒙著眼，我可不能讓你一不小心腳滑跌倒，傷到彩禍大人的身體。來吧，走這邊。」

無色已經搞不清楚現在是什麼狀況了。他任由黑衣將自己帶進浴室，坐在小椅子上。

「那麼，我要幫你沖熱水了。」

「好、好的……」

無色剛回完話，下一秒肩膀處就被澆了熱水。不會太燙也不會太涼，溫度剛剛好。

黑衣反覆沖了幾次熱水後，以細膩的動作開始為無色洗頭髮。

無色原本的頭髮並不像現在這麼長，因而有股奇妙的感覺。

「——對了，回到剛才的話題。」

黑衣為無色洗頭時，猛然想起這件事似的說了。

「剛才的話題……是指我變回原本身體的事嗎?還是不能和女同學一起洗澡的事?」

「兩者都有。」

「意思是？」

無色以滿頭泡沫的狀態這麼問，黑衣用指腹溫柔地按摩他的頭皮，繼續說下去。

「我也是第一次看見『合體的人』，所以這只是我的臆測——我想你之所以變回原本的身體，應該和魔力的流出量有關。」

「魔力的……也就是說魔力正不斷流出……」

「是的，因為你管控不佳，彩禍大人的魔力現在仍一點一點地流失。」

黑衣說完，拿起蓮蓬頭沖去無色頭上的泡沫，再細心為他抹上潤髮乳。

「彩禍大人的魔力無比龐大，不會因為這樣就耗盡——但若一時之間流失得太多，她的身體可能就會啟動防衛機制。」

「防衛機制……？」

「簡單來說就是身體感知到異常後，自動轉換為較不易消耗魔力的狀態，就好比電腦的安全模式。」

「啊——」

無色聞言，蒙眼布底下的眉毛抽動了一下。

如今彩禍這名最強魔術師的身體裡住進了無色這個門外漢，因而呈現一種扭曲的狀態。

那麼若無色的特徵在這副身體上顯現得更多，或許就能抑制魔力的消耗。

「原來如此……這比喻真好懂。」

無色恍然大悟地喃喃自語。

「那麼，妳讓我恢復成彩禍小姐的身體時，對我做的那件事……」

「你是說接吻嗎？」

聽見黑衣說得那麼直接，無色頓時語塞。

「……是的，那是怎麼回事？」

「我在向你提供魔力，那是最有效率的方法。」

黑衣以平淡的口吻回答。

她似乎覺得這沒什麼大不了的。無色發現只有自己在意這件事，因而感到有些難為情，連忙換了個話題。

「……話說回來，是因為魔力流出量啊。我上學科課時確實不小心用了魔力，上術科課時也有點危險……啊，昨天和安維耶特交手那次好像也算？是因為這些情況累積下來造成的嗎？」

「哎，這些情況或許多少有些關係，但正確來說，危機不是發生在你使用魔術的時候，而是在平時，所以還有其他更直接的原因。」

「咦？」

無色聽完黑衣的話，頭上浮現問號。

接著黑衣像要沖走問號似的，開始往他頭上沖水。

「——魔力的流量和總量會大幅受到精神狀態左右。覺悟、決心、憤怒、興奮——這類精神狀態經常能讓魔術師發揮超乎實力的力量。」

「意思是……」

無色冒著冷汗說完，黑衣以平淡地口吻接續說道：

「當時無色先生在女子更衣室看見少女們在換衣服。換言之，或許就是那股心跳加速的感覺使你的魔力大幅流出。」

「……………咦咦……」

聽到這麼誇張的理由，無色不禁傻眼地發出哀號。

「等一下……咦，難道除此之外……就沒有別的可能了嗎……？」

「沒有。」

黑衣淡淡地說。無色懷著羞愧感，接著問道：

「……所以妳在外面張貼告示，就是為了這個？」

「是的。你光是看到女生只穿著內衣褲就受不了，若見到她們一絲不掛的模樣，肯定會立刻現出原形。」

「……………」

無色陷入自我厭惡而閉口不語，黑衣卻有些打趣地說：

「你說你對彩禍大人一見鍾情，然而男性只要看到年輕女性的肉體，不論對方是誰都會興奮對吧？不過以生物而言，這或許是健康的證明。」

「不，我對彩禍小姐死心塌地！」

「是嗎？那我就放心了。」

黑衣才剛說完，下個瞬間。

忽然傳來「噗啾」一聲，聽起來像用海綿將沐浴乳搓到起泡的聲音。接著冷不防地，無色的——正確來說是彩禍的——胸部便被某種柔軟的東西觸碰。

「呀嗚！」

突如其來的搔癢感使無色發出怪叫，拱起背來。

然而這陣神祕觸感仍未停止，陸續經過他的脖子、腹部和臀部，在他全身大肆游移。

「喂……黑、黑衣——」

「怎麼了？我可不是彩禍大人喔。」

「不、不對，這是兩回事——」

無色虛弱地回應完，試圖想從黑衣手中逃離。

只可惜，那觸手般的神祕觸感仍毫不客氣地蹂躪他的肌膚，讓他迅速癱軟下來。

「不、不要……」

「——嗯。」

黑衣見到無色這副模樣，微微低吟了一聲。

「無色先生，這下糟糕了。」

「怎、怎麼了……？」

「你有著彩禍大人的外表，反應卻很生澀；你平時老愛強辯，如今卻意外溫順。這些點都讓我覺得很有趣。」

「啥……？」

儘管無色大叫，黑衣仍未停下動作。她拿著細緻的沐浴海綿繼續在無色身上隨意滑動。

「把手舉起來，我要把你刷得清潔溜溜。」

「喂——啊、啊啊啊啊啊啊啊啊啊啊啊啊啊啊啊啊啊啊啊啊啊啊啊啊啊啊！」

在寬敞的浴室中，只聽見無色的慘叫聲不斷迴盪。

「……！」

這裡是〈庭園〉女生第一宿舍，三一四號房。

原本躺在床上的瑠璃忽然眉頭一皺，猛地坐起身來。

「啊，妳醒啦。還好嗎？……咦，怎麼了，瑠璃？」

坐在椅子上看書的緋純疑惑地問。瑠璃眼神認真地回答：

「妳剛剛……有沒有聽見什麼聲音？」

「妳說的是什麼聲音？」

「好像是……魔女大人的聲音，彷彿發現了前所未有的感受，被夾在恥辱與快感之間不斷顫抖……的感覺……？」

瑠璃將耳膜隱約捕捉到的模糊資訊勉強轉換成語言描述出來，緋純聽完面露困惑。

「咦？我沒聽見耶……確定不是在作夢嗎？」

「對。雖然很微弱，但我真的——」

瑠璃說到一半忽然打住，抬起頭再度仔細聆聽。

「…………！等等，我又聽見了……！」

「咦……又是魔女大人的聲音嗎？」

「不……這次的聲音比較低沉……沒錯，是被毫不間斷的快感蹂躪的聲音，連聲音的主人也不敢相信這是自己的聲音……給人這樣的印象……不，不僅如此……這聲音讓我莫名感到懷念……很像是溫柔包容一切的……哥哥的聲音──」

瑠璃閉起雙眼，將模糊的感覺化為言語。緋純聽了便撝起嘴。

「瑠璃，妳是不是太想哥哥，以至於幻聽了……」

「不、不可能……！」

「可是妳在術科課結束後不也說好像聽見哥哥的聲音嗎……？妳哥根本不會出現在〈庭園〉吧？」

「這、這個嘛……」

聽緋純這麼一說，瑠璃也困惑地皺起眉頭。

「……真奇怪……我應該不會認錯哥哥的聲音才對……」

◇

──隔天早上。

「早安，無色先生。」

「……早安，黑衣。」

無色醒了過來，在模糊的意識中向黑衣打招呼。

「……呃，我有一個問題。」

「請問。」

「妳為什麼坐在我身上？」

「為了防止你逃跑。」

「所以妳準備做些讓我想逃跑的事嗎？」

聽見黑衣淡淡地回答，無色語帶恐懼地這麼問。

沒錯，這裡是〈庭園〉女生宿舍中的房間。無色正以彩禍的外貌躺在房內的床上。

他昨天可能太過疲累，一下子就陷入沉睡——

早上醒來後，住在隔壁房的黑衣卻出現在自己眼前。

黑衣以大腿夾著無色的腹部，跨坐在他身上俯視他的臉。也就是所謂的騎馬姿勢。要是以這樣的狀態展開格鬥賽，無色肯定沒有機會反擊。

「冷靜點。我不知道妳跟彩禍小姐之間有什麼過節，但使用暴力就是不對。」

「看來你誤會了什麼。」

「就算彩禍小姐長得美若天仙，妳光是嫉妒她也沒用啊！」

「我忽然想活用一下這個姿勢。」

黑衣說著轉了轉肩膀，無色見狀「咿」地倒抽口氣。

「開玩笑的。讓我們進入正題吧。」

「正題？」

無色問完，黑衣點了點頭，緩緩舉起雙手——

順勢解開裝飾在自己脖子上的緞帶。

「……？黑衣？」

無色疑惑地歪過頭，但黑衣不予理會，逕自將上衣鈕釦一顆顆解開。

是的，那動作就像要坐在無色身上脫衣服似的。

「妳……妳在做什麼？黑衣！」

「請不要移開視線，好好看著我。」

無色連忙阻止她，但她仍以一副冷靜的態度繼續動作。

最後所有釦子全被解開，原本沒有一絲皺褶穿在她身上的衣服頓時變得十分邋遢。

黑衣接著拉下上衣的衣領，露出了左肩。

——那嬌豔的肌膚就這樣暴露在空氣中。

「————！」

無色瞬間閉上眼睛。

「啊，無色先生，你好詐。快睜開眼睛。」

「那妳先把衣服穿上！」

黑衣想讓無色睜開眼睛，又拉他的眼瞼、又搔他的脖子。眼見這些方法都沒用，她無奈地輕嘆口氣。

「沒辦法，只好改用B計畫了。」

黑衣低聲說完，下一秒無色便感受到一股柔軟又舒適的重量壓在自己的胸口。

「……！黑衣──？」

無色閉著眼睛，沒辦法看個明白，但他可以察覺到黑衣整個人壓在自己身上。一股淡淡的洗髮精香氣拂過無色的鼻腔。

她到底想做什麼？──無色緊張得全身僵硬，這時黑衣冷不防在他耳邊講起悄悄話。

「──彩禍大人喜歡的食物是杯子蛋糕。」

「什……？」

甜蜜的氣息、搔刮耳膜的低語，以及衝擊性的資訊。

無色聽了，瞬間感受到自己的心臟強烈收縮。

然而黑衣的猛攻還未結束，那聲音像在輕撫無色的耳朵似的，接著說道：

「彩禍大人洗澡時，總是從臀部兩邊開始洗。」

「…………！」

然後宛如要置無色於死地，使出致命的一擊。

「——彩禍大人的三圍是八八・五九・八六。」

「…………！」

無色全身發熱，呼吸變喘。此外還有輕微的暈眩感，眼睛無法對焦。接著全身開始泛起淡淡光芒——

「……咦？」

下個瞬間，無色喉嚨發出的聲音變回了少年的音色。

是的，他從彩禍的身體變回了自己的身體。

「——嗯，存在變換成功了。」

黑衣坐起身，若無其事地說道。無色疑惑地搔了搔臉。

「黑衣，妳這是……」

「我為了引起存在變換，特意製造讓你興奮的狀況。」

黑衣說了聲「不過」，低頭望向自己的左肩。

「沒想到才這點程度你就變身了——比我想像中快呢。」

「…………」

不知為何，無色明知道黑衣沒有別的意思，聽了卻感到極為羞恥。

不過無色可沒漏看，只見穿好衣服的黑衣以有些安心的表情輕呼了一口氣。

「……黑衣，妳是不是鬆了口氣？」

「……我沒有啊。」

黑衣泰然自若地說，無色以狐疑的眼神盯著她。

她清了清喉嚨試圖轉換話題，下了床鋪。

「先別說這個，我們沒時間了。請在其他學生起床前趕緊做好準備。」

「準備……？什麼準備？」

「這還用說？」

無色疑惑地歪過頭，黑衣卻以理所當然的口吻回答。

◇

「——從今天起我們班又有兩位新成員加入，分別是玖珂無色同學和烏丸黑衣同學。」

在宿舍醒來數小時之後。

無色被迫換上〈庭園〉的男生制服，來到昨天的教室，以同樣的姿勢站在同樣的位置。

當然也不是所有狀況都和昨天相同。

無色的外貌並非久遠崎彩禍，而是玖珂無色本人。因此教室裡瀰漫的不是昨天的緊張感，而是基於好奇心投來的奇異目光，或是彷彿在打量無色能耐的視線。

「…………」

不，問題不在這些變化。無色壓低音量向站在自己身旁的黑衣（她也換上了學生制服）搭話。

「……黑衣。」

「怎麼了？」

「妳還問我怎麼了——為什麼連我也得轉進這個班？還有妳也是。」

無色說完，黑衣保持著挺直背脊的姿勢答道：

「從昨天的例子看來，無色先生你現在隨時有可能發生存在變換。」

「別把我說得好像不定時炸彈一樣。」

「這是個很好的比喻。」

黑衣一臉淡然地稱讚完，接著說下去。

「萬一發生意想不到的狀況，導致你在變回原本身體時被人看見，後果非同小可。〈庭園〉是個祕密機構，萬一校方認為有外人混進來，肯定會徹底搜查追究。」

黑衣說了聲「不過」。

「只要像這樣讓『玖珂無色』名義上在這所學園就讀，若你以原本的狀態被人看到，對方眼中的你就會從『從外面混進來的可疑人士』變成『經常翹課的不良學生』，能夠大事化小——另外，只要我在你身邊，發生緊急狀況時就能立刻執行存在變換。」

「原來如此……不對。」

無色差點就要點頭認同，卻忽然想到這方法有個致命的缺點。

「……如果像昨天一樣在女子更衣室發生存在變換，這樣我的臉和名字都曝光了，不是會對我的名譽造成更大的傷害嗎？」

「關於這點——」

「關於這點？」

「就請你好好加油，別引起這種狀況。」

「拜託不要突然轉換成要人咬牙苦撐的精神導師好嗎？」

儘管他們的對話很小聲，還是講得太久了一點。

導師栗枝巴以一副無奈的表情望向無色他們。

「玖珂同學、烏丸同學，你們在聊什麼？才轉來第一天就竊竊私語可不好喔。」

巴說著做作地雙手抱胸。

「啊，對不——」

玖珂無色
烏丸黑衣

無色說到一半停了下來。

「……？您是栗枝老師嗎？」

儘管有著同樣的外貌，巴的表情、動作、語氣都和昨天截然不同。

昨天她一臉畏懼地縮著背，看起來就像隻不斷顫抖的吉娃娃。

然而她現在露出充滿自信的表情，擺出誇耀自己傲人身材的姿勢。那優雅而從容的氣質宛如一頭優美的母豹。

「哦……？原以為是初次見面，難道我們之前在哪見過嗎？呵呵，還是說你一大早就想在大庭廣眾下搭訕我？」

「呃，不，我沒有這個意思。」

無色搖搖頭想否認，巴卻舔著嘴唇瞇起眼睛，伸出食指滑過無色的下巴。

「呵呵……這種搭訕方式雖然老套，但我並不討厭。好吧，看在你那麼有勇氣的分上，我就答應你——放學後來教師辦公室，我特別為你上一堂課後輔導。」

她以性感的姿態對無色耳語，和昨天迥異的模樣令無色目瞪口呆。

這時旁觀的黑衣刻意以誇張的動作望向走廊。

「——哦？早安，彩禍大人。」

「嗚咿～～～……！不、不是的，不是的，魔女大人……！您誤會了！我絕對、絕對沒有在上課時誘惑可愛的男學生……！」

黑衣一說完，原本全身散發自信與魅力的巴立刻眼眶含淚，跪下來蜷縮在地板上。接著將手舉至頭頂，雙手合十不斷求饒。

「抱歉，我看錯了。」

「什、什麼嘛……妳小心一點，別這樣嚇人，我差點就要折壽了……那麼玖珂同學，放學之後——」

「啊，好像真的是彩禍大人呢。」

「啊咿～～～～！開玩笑的！我怎麼會覺得魔女大人您嚇人呢～～～～！這只是我的一個小玩笑罷了～～～～！見到魔女大人反而能延年益壽呢～～感恩讚嘆魔女大人～～！」

巴再度變回卑躬屈膝的模樣。

黑衣冷冷地俯視她一會後，望向無色。

「請放心吧，彩禍大人今天休假。」

黑衣說完，面色緊繃的學生們個個鬆了口氣。他們剛才似乎也提心吊膽，擔心彩禍隨時會出現。

全班唯有巴沒聽見黑衣說的話，仍舊低著頭。

「老師都這樣了，我們自己去空位上坐吧。」

「……好。」

現在還是聽黑衣的比較好。眼看巴仍在害怕未現身的魔女，無色只好將她留在原地，跟在黑衣身後。

這時──他注意到一件事。

看到醜態畢露的巴，有的學生面露苦笑、有的學生輕聲嘆息，但在這之中有個人一直以錯愕的表情盯著無色。

「什、什什什什什什什什什什……」

她正是名列學園長直轄機構〈騎士團〉的天才魔術師，也是無色多年不見的妹妹。

不夜城瑠璃「喀噠」一聲站了起來，伸手指向無色。

「──無色，你怎麼會在這裡……！」

同學們聽見瑠璃突然大叫，驚訝地望向她，然後順著她的指尖望向無色。

「咦，什麼……你們認識嗎？」

「該不會今天早上在轉角撞到吧？」

在一陣玩笑聲中，坐在瑠璃附近的緋純像是想起什麼似的睜大眼睛。

「總覺得這名字在哪聽過，難不成是瑠璃的哥哥……？」

話一說完，全班漸漸開始騷動。

「咦？瑠璃那個四月生的哥哥？」

「瑠璃是三月生，所以兩人實際上相差一歲卻念同一年級的那個哥哥？」

「不夜城五歲生日時，送她手作貝殼相框的那個哥哥？」

「據說後頸的痣很迷人的那個哥哥？」

「咦，今天才第一次見面，你們怎麼會這麼了解我？」

最後一點連無色自己也不知道。他困惑地皺眉。

接著大家再度望向瑠璃，回應無色的問題——像在告訴他情報來源。

「…………」

然而瑠璃彷彿沒聽見其他人的聲音，搖搖晃晃地用力踩著教室地板，走到無色面前。

她抬起頭，以凶狠的目光盯著無色說：

「——我再問你一次，你為什麼會出現在〈庭園〉(這裡)？不——應該先問你怎麼會知道這裡，被管理部挖角的？還是不夜城家(我家)的人告訴你的？」

瑠璃散發一股懾人的氣魄，如此問道。

殺氣、鬥氣、劍氣——這股不可見的壓力從古至今雖有不同的名稱，仍在人與人之間代代流傳。無色在這一刻親身體驗到其存在。同學們似乎也被那壓力震懾，全都閉口不語。

這和無色昨天用彩禍身體說話時的氣氛完全不同，彷彿強制喚醒了大家在安穩文明生活中喪失的本能，彷彿正面對強大的掠食者，有種不容爭辯的說服力。

連對魔術一無所知的無色都能感受到瑠璃是「真正的實力派」。

「瑠璃——」

無色當然無法據實以告。若說出口便是對彩禍的背叛，還可能讓他倆陷入危機之中。

然而他也無法對瑠璃撒謊。信口說出的謊言肯定會被瑠璃識破。

因此無色決定——將毫無虛假的真心話告訴她。

那是以彩禍的身分見到她時無法說出口的第一句話。

「好久不見，能再見到妳真開心。」

「——嗚呼啊啊！」

瑠璃聞言，扭著身子發出怪聲。

她滿臉通紅，視線如洄游魚般不斷游移。

但她仍以強韌的意志力把持住內心，喘得肩膀上下起伏，努力調整回原本的狀態。可能是因為突然冒汗，有幾根瀏海黏在額頭上。

「……別、別想蒙混過關，給我老實回答——」

「幾年沒見，妳變成小美女了。」

「咳哼、咳呃、咳……！」

瑠璃以不太像美女的方式大聲咳嗽起來，當場縮成一團。

無色連忙彎下身子，拍了拍她的背。

「還好嗎？都怪妳說話太急了——」

「…………！」

瑠璃瞬間渾身顫抖，蹬了一下地板逃離無色。

然後用那張紅得像番茄的臉龐和泛淚的雙眸瞪著無色。

「別、別以為這樣就贏了～～！我可不認同你！我絕對、絕～～～～對要把你趕出這座〈庭園〉～～～～～！」

瑠璃大喊完，粗魯地打開教室的門奔向走廊。

瀰漫著尷尬氣氛的教室響起了宣告班會結束的鐘聲。

——之後約莫過了十分鐘，栗枝巴老師總算恢復平靜，開始上第一節學科課。

「也就是說，儘管魔術方面的新發現造成了世代交替，但舊的技術並未因此被廢棄，反而——」

巴和昨天一樣，用電子白板講解魔術史。

不，說和昨天一樣對她未免太失禮。昨天她畏懼彩禍的存在，如今卻能大方教課。她講話抬頭挺胸，毫不結巴，有時還能夾雜幽默的話語逗笑學生。這或許才是她本來上課的樣子。

教室內的氣氛也比昨天和緩許多。

大家還是很關注無色這名新同學，但態度比昨天冷靜多了，至少沒有像昨天那樣在意他的一舉一動或者頻頻瞄他。

——不過其中有個女同學一直對他投以刺人的視線。

是的，瑠璃雖然衝出了教室，但在第一節課開始前就乖乖回到位子上。

這番舉動當然很受大家注目，不過本人似乎不甚在意。看來她有顆鋼鐵般的心臟。

「……無色先生。」

坐在無色旁邊的黑衣對這道視線感到好奇，一邊聽巴講課一邊小聲向無色搭話。

「怎麼了，黑衣？」

「你說你和不夜城騎士是兄妹，兩位關係有這麼差嗎？」

「應該沒有吧……我們以前感情很好啊。」

「那她為什麼用那種眼神看你？」

「不知道……」

無色臉上流著冷汗說完，站在講桌前的巴忽然伸手指著無色說：

「玖珂同學，我知道你第一次上課有點興奮，但還是不能在底下聊天。」

「啊——對不起。」

「真拿你沒辦法，看來還是要處罰你一下。放學後到我的——」

「哦？」

巴說到一半，黑衣故意露出像是注意到什麼的表情望向走廊。

巴見狀肩膀抖了一下，開始東張西望。

「咦……她應該沒來吧？對吧？」

她小心翼翼打開教室的門，慎重地確認過走廊上沒人後，鬆了口氣回到原本的位置。

接著深呼吸讓自己的心情平復下來，再度轉向無色。

「算、算了——玖珂同學，既然有心情聊天，就代表課程內容你都懂吧？那麼你能回答剛剛的問題嗎？」

「啊，我不懂。」

無色立刻回答，令巴額頭上冒著汗露出苦笑。

「就算不懂，也稍微思考一下再回答吧……」

「對不起，因為我連魔術是什麼都不太明白……」

聽見無色這麼說，周圍的同學紛紛傻眼地嘆氣或竊笑。

這番話其實和昨天差不多，只是說話者從彩禍變成了無色，沒想到大家的反應竟然就這麼不同。

「喂，真的假的？怎麼會讓這種外行人進高尚的〈庭園〉？」

一名高個子男學生聳了聳肩說道。

他昨天聽到同樣的問題時，顫抖著說：「多麼深奧的提問啊……」

「真傷腦筋……這樣會讓人誤以為我們跟他是同一個程度呢。」

戴眼鏡的女學生這麼說。

她昨天抱頭大喊：「魔術是什麼……魔力是什麼……唔啊啊～～！」

「呵……宛如一張白紙的新同學，也挺有趣的——」

坐在窗邊的男學生撩起長瀏海低語。

他昨天搓著手諂媚地說：「真、真不愧是魔女大人！」

此時——

「————啊？」

瑠璃見到同學們的反應，發出令人膽寒的聲音，響遍教室。

她皺著眉頭，額頭上冒出青筋，用充血的眼睛環視整間教室。

「「……………！」」

剛才嘲笑無色的同學被這道視線震懾，嚇得肩膀顫抖。

不過瑠璃並沒有多說什麼。

她已經說了要將無色趕出〈庭園〉，自然不會為他說話，卻也無法忍受自己以外的人對他說三道四——她的態度給人這種感覺，宛如少年漫畫主角的競爭對手。

「瑠、瑠璃，瑠璃……」

緋純連忙呼喊她，拍了拍她的肩。

瑠璃這才斂起氣焰，用鼻子哼了聲後將臉轉回前方。

「……那、那個～～……我可以繼續上課嗎……？」

巴察覺到氣氛不太對勁，流著冷汗問道。

瑠璃一臉若無其事地回應：

「當然可以，快點開始。這不是妳的工作嗎？」

「是……」

她毫不客氣地說完，巴皺著一張臉再度開始上課。

◇

好不容易撐過一波三折的學科課，到了第三節課。

無色和同學們一同從中央校舍前往練武場。接下來兩節課和昨天的第五、六節課一樣，也是安維耶特的術科課。

無色換好運動服後來到練武場的操場，輕輕轉動肩膀。

黑衣為他準備的運動服和制服一樣穿起來很合身。無色不知她是什麼時候量尺寸的，但覺得她做事還真周到。

「一會沒看到你讓我有點擔心，幸好沒出什麼事。」

身後傳來這樣的聲音。無色回頭一看，只見和自己穿著同樣運動服的黑衣站在那裡。

「咦？因魔力流出量變化所引發的存在變換，只有從彩禍小姐變回我本人的時候吧？」

「照理說是這樣，但我無法保證，畢竟我是第一次遇到這種狀況。」

黑衣說的話有點嚇人。無色苦笑著回答：

「嗯……不過真的沒事。畢竟我去的是男子更衣室，跟昨天不一樣。男子更衣室真是太棒了，只有男人在的空間真教人放鬆。」

第三章
變換

「你這樣說會引人誤會。」
黑衣瞇著眼說完，安維耶特從練武場裡頭走了出來。
「——好了，我們上課吧。集合、集合。」
安維耶特說著一臉不耐煩地招了招手。練武場中的學生們聞言便到他面前整隊。
「暖身之後，跟昨天一樣繼續練習發動魔術。我這次多準備了一些標靶，你們就分成幾組——」
他說到一半停了下來。
無色困惑了一下，但很快就知道原因。
在學生隊伍當中，瑠璃一個人高高舉起了手。
「老師，可以報告一件事嗎？」
「啥？怎麼了，不夜城？」
「班上有兩名轉學生，今天第一次上這堂課。」
「轉學生？……喔，聽妳這麼說，我想起來了。」
安維耶特搔了搔頭說完，環視學生隊伍，視線停在無色和黑衣兩人身上。
「是你們倆嗎——呃，妳不是久遠崎的侍從嗎？跑來這裡幹嘛？」
他說完一臉不悅地瞪著黑衣。

黑衣毫不介意，只向他輕輕點了頭。安維耶特似乎也無意繼續說下去，用鼻子哼了聲後將視線從她身上移開。

「然後，你是……」

他接著看向無色，無色趕緊立正站好。

「是，我叫玖珂無色。」

「啊～好啦好啦，我心情好的話再記你的名字。」

安維耶特不耐煩地揮了揮手。

「怎樣？滿意了嗎？要是不知道暖身運動怎麼做，就請同學教你們。至於魔術發動的練習——做得到最好，做不到的話先看別人怎麼做。觀察別人的動作也是修練的一環。」

「不，我想請您准許一件事。」

「准許什麼事？」

聽見瑠璃這麼說，安維耶特一臉疑惑。

接著她以銳利的目光望向無色。

「——請准許我和玖珂無色進行模擬戰。」

「……啥？」

「「…………！」」

瑠璃說完，安維耶特皺起眉頭，同學們也面露驚訝，就連黑衣也微微挑起眉毛。

無色腦中浮現瑠璃在教室裡說的話。不知為何，瑠璃放話說要將無色趕出〈庭園〉。她可能想趁這個時候教訓無色，讓他自信心崩潰。

之所以選擇課堂上的模擬戰，而非決鬥或偷襲，不知道是出於她一板一眼的個性，還是想讓無色在全班面前出糗。

練武場中瀰漫著一觸即發的氣氛。

——然而……

「……不行。妳突然在說些什麼？當然不行啊。」

安維耶特臉上流著冷汗，拒絕了她的請求。

瑠璃可能原本以為能順利展開戰鬥，因而不滿地皺眉。

「……為什麼？」

「還問為什麼……我反倒要問妳，我怎麼可能同意讓S級魔術師和轉學生進行模擬戰？妳是戰鬥民族嗎？真可怕……」

「…………」

聽見安維耶特說的這番道理，瑠璃不甘地咬緊下脣。

無色總覺得她的眼眶好像紅紅的。

看起來有點可憐。

「好了，快暖身吧。暖身完再繞著練武場跑三圈，然後回到這裡。」

在這股令人坐立難安的氣氛中，安維耶特下達了指示。

同學們顯得有些尷尬，仍遵照指示開始暖身。

而瑠璃儘管雙眼布滿血絲，還是確實做好暖身，是所有人當中最認真伸展後腳筋的，跑步時手腳擺動的姿勢也很美。雖是自己的妹妹，無色仍感到敬佩，覺得她真是個可靠的人。

做完所有暖身運動後，學生們再度回到練武場中央。

這時安維耶特已經準備好十個長著發光手腳的球狀標靶。

「——每個人輪流攻擊一下，最多只能用到第二顯現。如果覺得太困難，兩三個人合力圍著標靶也行。要是有人偷懶，我就會去踹他。」

「「——是！」」

學生們聽從安維耶特的指示，面向各自的標靶，開始集中注意力。

「…………！」

無色看著眼前的景象，揉了揉眼睛。

「怎麼了，無色先生？」

黑衣察覺無色的反應有異，便這麼問他。無色眨了好幾下眼睛後回答：

第三章
變換

「啊，沒事……只是覺得好像能隱約看見大家身體周圍的魔力……」
現在的無色用的並非彩禍的身體。
但他能隱約看到學生身體周圍的魔力。
黑衣顯得不怎麼驚訝，點了點頭。
「這也不無可能。我之前也說過，學習魔術時最初的門檻就是掌握魔術這種未知的感受——而你已經先用彩禍大人的身體克服這個難關，大腦早已轉換為魔術師的大腦。」
「什——」
無色聞言，低頭望向自己的手。
「所以我的身體在不知不覺間被彩禍小姐開發了……？」
「注意你的說法。」
黑衣瞇著眼，清了清喉嚨。
「不過你竟然在最強魔術師的協助下，不知不覺克服了學習魔術時最初的門檻。對其他魔術師而言，沒有比這更令人羨慕的事了。」
「……意思是，我現在也能使用魔術嘍？」
「應該沒這麼順利——但單純施放魔力或許辦得到。要不要試試看？」
黑衣說著指向最右邊的標靶。長著發光手腳的金屬球孤零零地站在那兒。

「也對，凡事都要試試看。我這就來試。」

無色說完便站到標靶前，回想起用彩禍的身體施展魔術時的感覺，開始集中注意力。

「——宗方，你淬鍊魔力的方式弱了點。別把顯現體當作武器，要想成是自己手腳的延伸——間淵，你現在只能變出第一顯現，就用第一顯現，用得好的話還是能攻擊到對手。要根據自己的能力，設法達到目標。」

安維耶特將手插在運動外套的口袋裡，依序給予每個站在標靶前練習的學生建議。

每個學生身體某處都浮現了一片至兩片界紋，這是發動顯現術式時常見的特徵。

不過能發動第二顯現的魔術師非常稀少，其中又有多少人能賭上自己的一生，爬升至第三階段呢——

「…………！」

此時。

安維耶特這麼想著環視練武場，忽然感到背後一陣惡寒，因而回頭望向後方。

他並非察覺到強大的魔力，亦非感受到殺氣。若問他發生了什麼事，他也很難說明。

但身為魔術師的第六感、身為騎士的直覺，使他的內心莫名忐忑。

第三章
變換

「————」

他的眼角餘光瞄到瑠璃的身影。

瑠璃露出和他相同的表情，額頭上冒出汗珠。

——究竟是怎麼回事？

安維耶特屏住氣息，轉動眼球。

視野中出現幾名學生，每個人都在和自己的標靶苦戰。

有的人用第一顯現變出了旋風——

有的人揮舞著用第二顯現變出的槌子——

而那個轉學生——身上連一片界紋都沒浮現，只是將雙手伸向前方。

「…………」

看到最後這一幕，安維耶特搔了搔臉。

「……不會吧。」

他嘟囔了一聲，輕嘆口氣——就在這瞬間。

「什麼……？」

——〈庭園〉中響起刺耳的警報聲。

練武場上方的天空出現無數裂縫。

「什……！」

原本閉起眼睛集中注意力的無色聽見突然響起的警報聲，抬起頭來。

就在他抬頭的同時，遼闊的練武場上空出現了好幾道裂縫。

「——無色先生。」

「黑衣，這是……！」

無色見黑衣跑來，連忙說道。

這聲音，以及這景象。

與無色剛來〈庭園〉那天遇到的狀況非常類似。

黑衣明白他在想什麼，一臉嚴肅地點點頭。

「沒錯，正是滅亡因子。可是未免太突然——」

這時天空的裂縫變得更大，打斷了黑衣的話語——接著裂縫中出現巨大的怪物。

銳利的爪子、布滿堅硬鱗片的身軀、蝙蝠般的翅膀，以及長了角與獠牙的頭部。

是滅亡因子二〇六號：惡龍。

那正是無色來到〈庭園〉那天，被安維耶特一擊打倒的幻獸。

不過兩者之間有著決定性的差異——就是數量。

那天現身的惡龍只有一隻。即使如此，它只吐了一口氣就讓〈庭園〉之外的街道陷入火海。

那樣的惡龍，如今——

「一百隻……兩百隻……不，更多……！」

某人慌張的聲音在練武場中迴盪。

沒錯，大量的惡龍遍布〈庭園〉的天空，多到一眼無法數出正確的數量。

不——正確來說不只如此。

在無數惡龍的後方，有一隻無比巨大的龍正從空間的裂縫中抬起頭。

這讓安維耶特驚訝得睜大眼睛。

「什麼？竟然是滅亡因子〇四八號——『法夫納』！二位數滅亡因子怎麼會出現在這裡？而且惡龍數量還這麼多，究竟發生什麼事了？」

「現在不是抱怨的時候！先將學生們疏散出去！」

瑠璃扯開嗓門喝斥安維耶特。她的聲音和語氣已不只是個學生，而是轉變為守護〈庭園〉的騎士。

「不用妳說我也知道！B級以上的魔術師出來作戰，C級以下則躲到中央區域！」

「「遵……遵命！」」

學生們聽從指示，只留幾個人在現場，其他人全部離開練武場。

然而有幾隻惡龍彷彿預料到他們的行動，從天上飛了下來，擋住那些學生的去路。

「哇、哇哇！」

「呀啊！」

聽見惡龍的咆哮，學生們個個縮起身子。

「嘖——」

就在惡龍快要用爪子將學生們撕碎前，安維耶特背後冒出兩圈光環。

「第二顯現——【雷霆杵】！」

他身邊隨即出現兩支三鈷杵，放出雷擊。

一瞬間，擋在學生面前的那些惡龍的頭便彈飛出去，巨大身軀發出沉重聲響倒向地面，化作光芒消失。

「沒事吧？」

「是、是的！」

「沒事就快點離開！」

安維耶特大吼一聲，學生們再度慌慌張張地邁開腳步。

然而惡龍的數量源源不絕，就像不願放過任何一個人，一隻又一隻飛來練武場。

「可惡——」

安維耶特一臉不悅，但仍用他的雷光斬飛惡龍的頭、扯斷它們的翅膀、在它們身上開出大洞。那模樣宛如駕馭雷霆的戰神。

實力差距一目了然。巨大的惡龍接連倒在他的腳下。

但問題在於滅亡因子那壓倒性的數量。惡龍趁著安維耶特不注意，不斷攻擊學生。

而無色和黑衣也成了攻擊目標。

「嗚哇……！」

「……！唔——」

巨大的惡龍從空中朝無色和黑衣飛來。黑衣連忙衝到無色前面，用自己的身體保護他。

「黑衣！」

無色下意識抓住黑衣的肩膀，一個轉身將黑衣抱進懷裡，背對惡龍。

「無色先生……！」

黑衣的驚呼震響無色的鼓膜。

但他遲遲未感受到預料中的衝擊。

「第二顯現——【燐煌刃】！」

瑠璃的聲音響起，接著那隻襲擊無色他們的巨大惡龍便被砍得四分五裂。

「什——」

被分解的惡龍屍體四散在空中，同時瑠璃在無色面前落地。

她臉上浮現猶如鬼面的兩片界紋，手裡拿著薙刀，刀刃部分發出鬼火般的光芒。

那神聖而威猛的模樣一時之間奪走了無色的目光。

此時瑠璃卻露出惡狠狠的表情，一把揪住無色的衣襟。

「……這就是魔術師的戰場。我不知道你是從哪得知〈庭園〉的資訊，但還是死心吧，你當不了魔術師的——明白的話就快逃，別再和這個世界有任何牽連。」

瑠璃單方面說完，瞥了黑衣一眼。

「妳叫黑衣對吧？——我不知道魔女大人的侍從和無色怎會如此熟識，但妳實力應該不差吧？——無色就拜託妳了。」

她靜靜地說完，蹬了一下地面躍向剩下的龍群，畫出一條光的軌跡。

「……無色先生。」

無色茫然抬頭望著瑠璃與惡龍交手時，懷裡忽然傳來黑衣不滿的聲音。他連忙鬆開手。

然而黑衣依舊一臉不高興，她皺著眉低聲抱怨：

「你到底在想什麼？我說過很多遍，你的身體就是彩禍大人的身體。萬一你死了，彩禍大人也會死。」

「對不起，我是不小心的。」

「你不能夠不小心。」

黑衣將臉撇向一邊。看來她是真的生氣了。

無色一臉傷腦筋，再度仰望上空。

「可、可是到頭來沒事就行了吧？安維耶特的實力不在話下……瑠璃也那麼強。雖然被突然出現的惡龍嚇了一跳，交給他們應該……」

「…………」

儘管無色這麼說，黑衣卻滿臉愁容。

「事情沒那麼簡單。」

「咦？」

「他們兩位確實很強，而且很快就會有援軍趕到，最終應該能消滅所有滅亡因子——但是這次的滅亡因子實在太多，難免會造成一定的損傷。」

「可是不是說打倒滅亡因子後，過程中的損傷就會變成沒發生過嗎……」

無色回想前幾天見到的情景，這麼問黑衣。對方眉間浮現深深的皺紋。

「的確，在可逆討滅期間打倒滅亡因子的話，由滅亡因子所引起的現象會變成『沒發生過』。」

「是吧？那麼——」

「然而能觀測到滅亡因子消失的人——也就是魔術師，不在此限。」

「……！意思是魔術師的死是無法逆轉的嗎？」

「沒錯。」

聽見無色說的話，黑衣一臉苦澀地點點頭。

「假如有人可以不造成任何人犧牲就解決眼前的問題——能一次打倒布滿天空的惡龍，並且不傷及在場其他魔術師——只有具備這般神力的魔術師才能做到。」

「符合這些條件的魔術師——」

無色聞言，握起拳頭。

「——我只想到一個。」

「——喔喔喔喔喔喔喔喔喔喔喔喔喔喔喔——！」

瑠璃發出尖銳的嘶吼，揮舞著薙刀。

那是她的第二顯現【燐煌刃】。長柄前端的光刃宛如鞭子，在空中自由自在地畫出軌跡，斬斷周圍的滅亡因子。

惡龍雖然有強韌的身軀，還能噴出燒燬一切的火焰，但在〈庭園〉騎士面前仍不算是棘手的對手。實際上無論瑠璃或安維耶特，都已經打倒了三十隻以上的惡龍。

問題在於數量。

空中仍有無數隻惡龍在飛，不斷攻擊〈庭園〉和外面的街道。他們已經盡量將魔術師這一方的損害降到最低，但周圍的街道還是被夷為平地。

雖說只要在可逆討滅期間內打倒滅亡因子，眼前的景象就會消失，然而瑠璃看了心裡還是不太舒服。她眉頭深鎖，更用力握緊薙刀。

此時──另一隻惡龍彷彿看準這個時機，朝底下的練武場噴出火焰。周遭的空氣瞬間變得灼熱。

「嘖──」

瑠璃在空中蹬了一下，舉起薙刀將噴火的惡龍斬首。巨大的頭部即使被砍斷，仍持續噴出火焰好幾秒，最後落至地面。

練武場中還有幾名學生，但他們好歹也是魔術師，每個人都用自己的方法抵擋火焰攻擊。瑠璃用眼角餘光確認他們平安後，稍微鬆了口氣。

然而這時她注意到一件事。

——整座練武場都不見無色和黑衣的蹤影。

「無色——」

瑠璃扯著嗓子，俯視地面。

如果他們平安逃離了自然是再好不過。然而無色是個剛轉學進來的門外漢，萬一他被剛才那陣火焰波及——

瑠璃腦中閃過最糟糕的狀況。

儘管她只愣了一下，在戰場上卻足以構成致命的破綻。

「唔……！」

當她回神時，從空間裂縫探出頭的巨大滅亡因子——法夫納已在她面前張大了有一口亂牙的大嘴。

——躲不了了。瑠璃只好咬緊牙關準備忍受衝擊。她打算撐過這波攻擊再設法反擊。

然而——

「——咦？」

下個瞬間，她不由得睜大眼睛。

想像中的疼痛遲遲沒有來襲。

第三章
變換

她全身反而被一股強烈的異樣感所包圍。

一秒鐘之前，她周圍還是練武場、〈庭園〉以及陷入火海的街道。

如今映入眼簾的——

卻是刮著寒冷暴風的冰天雪地。

「這是……怎麼回事——」

這不是比喻，也不是在開玩笑。

瑠璃彷彿瞬間移動，身處在一個和剛才迥異的空間，簡直像在作夢或看見了幻影。

不過瑠璃對這現象有印象。她知道這種感覺是什麼。

超越「現象」，形塑「物質」，經過「同化」之後達到的最高「領域」。

顯現術式．第四顯現。

那是魔術的頂點，也是創造出一個極小世界的頂尖技術。

而能夠完成這般大規模顯現的人——

「——竟然趁我不在的時候大鬧〈庭園〉，你們這些客人真沒禮貌。」

「…………！」

一道聲音正好在這時傳來，宛如回應了瑠璃腦中的想法，她猛地抬起頭。

然後她看見了飄浮在空中的少女，不禁顫抖著聲音喚道：

「魔女大人——」

沒錯，就是她。

頭上浮現四片界紋的極彩魔女久遠崎彩禍正悠然停留在那兒。

她身上不知為何穿著運動服，不過感動得直發抖的瑠璃對此不怎麼在意。

彩禍在界紋光輝的籠罩下，瞪著底下蠢動的滅亡因子。

「立刻跪下親吻吾足。

——吾願收汝等全體為新娘。」

彩禍說完，緩緩舉起一隻手。

原本在四周呼嘯的暴風配合她的動作，開始朝同一個方向高速旋轉。

「那、那是……！」

「龍捲風……？」

學生們紛紛發出驚呼。

挾帶著無數冰粒的龍捲風彷彿在回應他們的話語，一同襲向那群惡龍與位於最深處的法夫納。

那些巨大怪物不是被冰粒轔轢，就是在零度以下的暴風中逐漸凍結。空中響起無數死前的哀號，但很快就被冰龍捲的轟聲所掩蓋。

第三章
變換

「嗚、嗚哇啊啊啊啊啊啊！」
「呀啊啊啊啊啊啊啊啊啊！」
在場的不只有滅亡因子，還沒逃走的學生同樣發出淒厲的慘叫。
然而——
「…………！」
下個瞬間，瑠璃再度眨了眨眼。
就在她的視野被冰龍捲完全占據的那一刻，周圍的景色忽然又為之一變。
沒錯，變回他們剛才與滅亡因子交戰的練武場。
不過原本數量龐大的惡龍，如今一隻也不剩。
學生們有的一臉驚訝地跌坐在地，有的蜷縮在地上不停發抖，幸好所有人都平安無事。
整個過程可能不到一分鐘。
——此般神技也只能說是奇蹟了。
「呼——驚擾大家了。」
彩禍說著便降落至地面，以誇張的動作向眾人行了個禮。
——大家好不容易在腦中釐清狀況後，對著彩禍爆出一陣歡呼。

「…………」

黑衣用指尖摸著自己的雙脣，以緩慢的腳步穿越練武場。

場地上看不見半隻滅亡因子。

那些滅亡因子已由化身為彩禍的無色用第四顯現全數清除。

無色還無法以細緻的手法操控魔力，但能夠不加限制地施展力量。這樣的魔術師看在黑衣眼中還真是奇妙。

不過看來並沒有任何學生傷亡，他可是立下了無可挑剔的大功。

「……嗯。」

然而，黑衣依舊滿面愁容地仰望著天空。

「竟然會一次出現那麼大量的滅亡因子——真的是自然發生的嗎？」

後方傳來學生們的歡呼，掩蓋了黑衣狐疑的低語。

✪第四章 約會

神祕的滅亡因子大量出現之後。

化身為彩禍的無色來到位於〈庭園〉東部區域的醫療大樓。

這裡是學園的醫療大樓——規模卻和一般的醫院沒兩樣，是一棟五層樓的大型建築。剛才在練武場的學生們全都聚集在一樓的診療空間。

話雖如此，幸好看起來並沒有人受重傷，其中最嚴重的只是擦傷或瘀傷。大家都沒有迫切的治療需求，只是來這裡看個診以防萬一。

「——喔喔，彩禍妳來啦？真是場災難。」

正當無色這麼想時，建築物深處走出一名身上服裝宛如內衣褲般單薄，外頭罩了件過大白袍的少女。

是〈騎士團〉成員，艾爾露卡・弗烈拉。無色這才想起她平時是〈庭園〉醫療部的負責人。

「嗨，艾爾露卡。」

無色轉身面對艾爾露卡，周圍的學生見狀趕緊恭敬地挺直背脊。艾爾露卡見狀，揮了揮白袍袖子。

「行了行了，傷患就別逞強了。」

艾爾露卡以隨和的語氣說完，環視整層樓後，說著「嗯」摸了摸下巴。

「人數挺多的，那就——」

她將手指合在一起，做出結印手勢。

接著她的皮膚上便浮現兩片宛如紅色刺青的花紋。

「第二顯現——【群狼(Horkew)】。」

艾爾露卡才說完，身邊立刻出現好幾隻野獸。

是狼。它們的毛皮泛著微光，身上有著和艾爾露卡類似的花紋。

十幾隻狼在艾爾露卡揮手指示下跑了起來，奔向聚集在該樓層的學生們。

狼群抽動鼻子聞了聞學生們的氣味後，開始舔舐他們身上的擦傷與割傷。

「咦，什、什麼？」

「嘻、嘻哈哈……」

學生們好像被舔得很癢，有幾個人還扭著身笑了出來。

「你們在這兒休息一下。」

艾爾露卡剛提醒完，同時學生們被狼舔過的地方便泛起微光——然後傷口逐漸消失。

「————」

這景象讓無色看得目瞪口呆。他曾聽黑衣說過這件事，但實際見到還是難掩驚訝。

「——嗯，這裡交給狼群應該沒問題。彩禍，跟我來。我知道妳和那種程度的滅亡因子交手不可能會受傷，不過保險起見還是幫妳看一下。」

「咦？」

「學生們就算了，像妳這樣的大魔術師可不能交給狼群治療。」

「也、也對。」

無色聽從艾爾露卡的指示，進到樓層深處的診療室。

那是個小而舒適的房間，擺著桌子、簡便的床和兩把椅子。艾爾露卡要無色坐在椅子上，自己也在他對面的椅子坐下。

「我看看。」

說著以極為自然的動作抓著他的運動服下襬，並且往上拉起。無色的肚子因而暴露在空氣中。

「……！」

無色總是留心模仿彩禍的舉止，但這突然的狀況使他不禁睜大眼睛。

艾爾露卡「嗯？」了一聲，皺起眉頭。

他一瞬間還以為是自己的反應太不像彩禍，引起了艾爾露卡懷疑，但實際上不是這樣。艾爾露卡的視線朝向無色的——正確來說是彩禍的——和運動服一起被微微撩起的豐滿胸部上。

「怎麼，妳沒穿內衣啊？」

「——啊。」

無色聞言倒抽口氣。

他現在身上穿的是女用運動服，不過並不是在存在變換時更換的。雖然他必須小心別讓其他人發現自己的身分，但剛才那樣的局面根本來不及換衣服。

黑衣曾說制服或運動服這類用靈線織成的衣服都施有魔術，可以在發生存在變換時自動變為男用或女用服裝。

但也只能將男用上衣或短褲轉換為女用的形式，沒辦法變出原本不存在的東西。

簡而言之，無色剛才因突發狀況緊急變身為彩禍，現在身上並沒有穿內衣。

「啊，呃，這是因為——」

無色眼神游移，努力想著彩禍可能會說的理由。

然而無論他怎麼想，都只能想到懶得穿、忘了穿，或是一些有點變態的理由。可惜上述理由都不符合彩禍的個性。

正當無色束手無策之際，艾爾露卡勾起了嘴角。

「哎，那東西穿起來很悶對吧？我懂妳的心情。要不是瑠璃阻止我，我在白袍底下也什麼都不會穿。」

「……是、是啊。」

艾爾露卡好像誤會了什麼，但若無色否認，又會繼續被她質問。他只好曖昧地笑了笑。然而他臉上的微笑隨即轉變為驚恐。

原因很簡單。因為艾爾露卡伸出舌頭，舔起他的腹部。

「呀嗚……！」

無色忍不住扭著身哀號。艾爾露卡一臉疑惑地望著無色。

「怎麼啦，叫成這樣？」

「沒事……艾爾露卡，妳在做什麼……？」

「問什麼蠢問題？當然是在幫妳看診啊。比起話語，汗水更能呈現人的身體狀態——」

她說到一半，露出困惑的神情。

「彩禍，妳身體不適嗎……？」

「咦？怎、怎麼這麼問？」

「呃，總覺得妳的味道和平常不太一樣。」

「——！」

艾爾露卡說的話讓無色嚇得心臟縮了起來——她該不會已經發現無色不是原來的彩禍了吧？

「嗯嗯……？我再嚐一次——」

「啊，等等——」

艾爾露卡舔了舔嘴唇，準備再次將頭埋到無色的運動服中。無色連忙推開她的頭。

無色必須阻止艾爾露卡繼續「看診」，否則自己的身分可能會曝光——更重要的是，這突如其來的行為從剛剛就讓他心跳加速，一不小心可能會在艾爾露卡面前引發存在變換。

「喂，妳在做什麼？安分一點。」

「我真的沒事——」

艾爾露卡和無色就這樣在狹小的診療室中展開攻防戰，這時忽然傳來一陣敲門聲。

「——抱歉百忙之中打擾。艾爾露卡大人，可以請您來一下嗎？」

一名看似護理師的女性將門開了一條小縫，探頭問道。艾爾露卡挑了挑眉，瞥了護理師一眼後，輕巧地從椅子上起身。

「嗯，我很快就回來，等我一會。」

艾爾露卡指著無色說完，開門走出了診療室。

無色望著她的背影，深深嘆了口氣。

「得救……了……？」

下一瞬間，他的身體泛起微光，從彩禍變身成了無色——看來存在變換終究發生了。

真的好險。要是護理師沒來找艾爾露卡，他說不定早就在被對方舔舐肌膚的過程中變回男性。

然而還不能安心。儘管對艾爾露卡感到抱歉，無色必須在她回來之前離開診療室。

但就在無色想轉動門把的那瞬間。

「——久等了，彩禍。」

「哇！」

那扇門突然被打開，艾爾露卡真的一下子就回來了。無色嚇得肩膀顫抖。

「嗯？」

艾爾露卡一臉疑惑地環視整個房間，還確認過診療室的門牌號碼後，再次望向無色。

「你是誰？彩禍去哪兒了？」

「啊，呃，那個，彩禍小姐說她還有急事，就先走了。我碰巧在附近，她叫我留下來幫忙傳話……」

無色試圖找藉口搪塞過去，艾爾露卡傻眼地嘆了口氣。

「那傢伙真是的，我不是叫她等一下嗎？她的作風還是那麼自由。」

這藉口連無色自己都覺得有點牽強，幸好艾爾露卡接受了。無色摀著胸口鬆了口氣，朝對方微微點了頭。

「那麼我就先……」

「嗯？好——」

然而無色正要從艾爾露卡身邊經過時，她的眉毛動了一下。

「等一下。」

「……！怎、怎麼了嗎？」

無色渾身顫抖，停下腳步。只見艾爾露卡一臉狐疑地抽動鼻子。

「我們在哪見過嗎？」

「沒、沒有，為什麼這麼問？」

「呃，總覺得好像聞過你的味道……」

艾爾露卡沉吟了一會後，伸手指了指椅子。

「坐下。」

「咦？」

「我叫你坐下。你也是剛才待在練武場的學生吧?我現在正好有空,就特別幫你看一下吧。」

「咦?我就不用了。」

「別說了,快點坐下。」

「…………是。」

再拒絕下去會顯得不太自然,無色只好死了心在椅子上坐下。

他臉頰微微泛紅,主動拉起運動服衣襬——說不害羞是騙人的,但他心裡明白因精神狀態引發存在變換只會由彩禍模式轉換為無色模式,所以這次應該沒問題。

無色做好心理準備靜靜等待,艾爾露卡卻一臉驚訝。

「你在做什麼?」

「……咦?您不是都用舔肚子的方式來看診嗎?」

艾爾露卡聽見無色這麼說,先是瞠目愣了一下,隨後忍不住大笑起來。

「哈哈哈,你是聽彩禍說的嗎?我只有對彩禍才會那樣。」

「……噢,原來如此……」

是無色太心急了。他內心的羞恥感一下子倍增,怯生生地想將拉起的衣襬放下來。

然而,這時艾爾露卡卻一把抓住他的手。

「不過……就算你是聽彩禍說的，主動露出肚子的舉動還是很大膽，真是人不可貌相——好吧，看來我們很有緣，我就特別為你舔一下吧。」

「咦？好……不對！」

聽見艾爾露卡這麼說，無色不禁嚇得破音。

對方露出了和嬌小身軀與稚氣容貌不符的放蕩笑容。

「我嚐嚐、我嚐嚐……味道如何？」

「啊，不，請等——」

抵抗無效，艾爾露卡還是舔起了無色的肚子。無色發出「咿！」的怪叫。

而後艾爾露卡疑惑地皺起眉頭。

「……嗯？這個味道是……？」

「……！」

那反應讓無色倒抽口氣。

艾爾露卡剛才光是舔了彩禍的汗就察覺到不對勁，這下她說不定真的發現了些什麼。

「嗯嗯……？是我的錯覺嗎？再嚐一口看看……」

「我、我還是先走好了……！」

「啊，給我站住！」

無色連忙想離開診療室，艾爾露卡卻用力抓住他的衣襬。

「不、不用了！我真的沒有受傷！」

「別管這些有的沒的！讓我舔就對了！來，快把衣服脫掉！」

「呀啊啊啊啊啊！快——住——手——！」

「好啦，很快就結束了！乖乖躺著數天花板上的汙漬！」

兩人在診療室中上演了好一會你追我跑的攻防戲碼。

這場攻防戰如此激烈，以至於兩人的聲音穿透診療室的門，傳到走廊，甚至學生聚集的大廳。

後來有好一陣子，校園中一直流傳著「艾爾露卡騎士試圖侵犯男學生」的傳聞，不過現在的無色並沒有心力管那麼多。

「——我找你好久了，無色先生。你到底跑哪兒去了？」

診療室的攻防戰結束後過了十分鐘。無色以踉蹌的腳步走在醫療大樓的走廊上，忽然聽見黑衣向自己搭話。

「……是說，明明才過一下子，為什麼又發生存在變換？而且你的運動服還皺成這樣。

你趁我不注意時做了些什麼？真是不檢點。」

黑衣眼神輕蔑地望著無色。無色連忙搖搖頭。

「不是。不是的，黑衣。」

無色簡單敘述了事情經過後，黑衣眯著眼表示接受。

「……原來是艾爾露卡騎士。你應該沒被她發現真實身分吧？」

「是的，過程十分驚險，幸好應該沒事……」

見無色點頭，黑衣鬆了口氣。

然而安心只是暫時的，她很快又恢復成嚴肅的表情。

「——無色先生，我有話要對你說。這裡人太多了，跟我來。」

「咦？喔，好的。」

無色點點頭，跟在黑衣身後穿過醫療大樓的走廊。

不久，兩人來到一片無人的區域。黑衣東張西望確認過四周狀況後，再度開口。

「……詳細情況還要等調查部的報告出來才會知道，但我猜測剛才之所以出現那麼多滅亡因子，很可能是人為造成的。」

「咦——？」

聽黑衣這麼說，無色不禁睜大眼睛。

「意思是有人命令那些惡龍來襲擊我們嗎？」

「不，倒不至於是命令，但對方很可能控制了滅亡因子出現的時間與地點——或者將已出現的滅亡因子一次聚集到同一個地方。」

「怎麼會？滅亡因子不是能毀滅世界的存在嗎？到底是誰——」

無色說到一半停了下來。

黑衣像是察覺到無色的心思，點了點頭。

「是的，一般魔術師不可能做這種事，就算想做也做不到——然而……」

簡言之，黑衣的意思就是：

——攻擊彩禍和無色的魔術師可能就是這次事件的元凶。

「仔細想想，剛才那些滅亡因子安排得還真是巧妙。雖然花點時間還是能全部打倒，但過程中可能會有學生傷亡——」

「……也就是說……」

無色臉上流著冷汗說完，黑衣點點頭。

「——對方精心準備了讓彩禍大人登場的時機，就像想確認學園中的彩禍大人能否發動第四顯現，是不是本人一樣。」

「……！而我卻——」

無色聞言皺起眉頭。

黑衣則垂下視線，輕輕搖了搖頭。

「你不用感到自責。要是你當時沒出面，學生可能真的會有所傷亡。若彩禍大人在場，應該也會採取同樣的行動。你在危急時刻成功發動了第四顯現，反而應該以此為傲。」

「也對，不愧是彩禍小姐的肉身。」

「真奇妙，看到你這麼直率的樣子，我反而希望你委婉一點。」

黑衣瞇著眼嘆了口氣。無色低吟了一聲，雙手抱胸。

「……不過這下糟糕了，如果這次的事件真的是襲擊犯所為……」

「是的，可以確定對方已經知道彩禍大人還活著——但我們畢竟不能一直躲下去，這樣遲早會被對方發現。」

黑衣說了聲「而且」。

「現在敵人已經知道彩禍大人還活著，我們反倒有一些手段可以反制。」

「反制的手段？」

「是的，那就是——」

無色問完，黑衣簡潔地向他說明自己的計畫。

「……原來如此，不過這麼做滿危險的。」

「這我無法否認。不過若是成功，或許就能查出襲擊者的身分，因此值得一試。」

黑衣說著腳跟發出「喀」的一聲，轉過身去。

「我再去調查一下練武場的蛛絲馬跡，你回去上課吧。以你現在的狀態，就算興奮過度也不會引發存在變換才對。」

「啊，黑衣——」

黑衣不理會無色的呼喚，逕自穿過醫療大樓的走廊離去。

「…………」

被獨自留在原地的無色發呆了一陣子，後來心想總不能一直呆站在這裡，便前往大樓的診療區域。

這時——

「——無色！」

「嗚哇！」

當他一踏進診療區域，前方便有個人撲了過來，使他跌坐在地。

「好痛……什、什麼？」

「無色——啊，太好了，你平安無事……！」

無色皺著眉頭說完，跨坐在他身上的少女——瑠璃就彷彿放下心中大石般鬆了口氣。

她似乎才剛全力奔跑過，不但氣喘吁吁，身上的運動服也被汗濡溼。感覺眼角好像還泛著淚。

「瑠璃……？」

「別讓我擔心好嗎？我找不到你，還以為你出了什麼事——」

她說到一半停了下來。因為周遭同學和醫療人員全都盯著她和無色。

「……跟我來一下。」

瑠璃站起身，以粗魯的口氣對無色說完，拉起他的手。

接著拉著他走出醫療大樓，繞到建築物後方的空地，這才鬆手。

「經歷了那種狀況，虧你還活著。我還以為你死了呢。」

她一臉不悅地雙手抱胸這麼說道。無色驚訝地瞪大眼睛。

「咦？怎麼跟剛才差那麼多？妳不是很擔心我嗎……」

「哪有？我才沒擔心你。」

瑠璃裝傻地說完，忽然以銳利的目光瞪向無色。

「——不過，這下你應該明白身為〈庭園〉的魔術師有多危險了吧？我不知道你是從哪兒打聽到這裡的事，但你終究當不了魔術師。趕緊收拾行李回到『外面』去吧，然後忘了在這裡發生的一切，平靜地過日子。」

她伸長手指，指著無色說。

這無比合理的建議使無色煩惱得發出低吟。

「……抱歉，瑠璃。我明白自己能力不足，但還不能就此離去。我有我的苦衷。」

「苦衷……？什麼苦衷？」

無色說完，瑠璃更加不悅地瞇起眼睛。

他當然不能告訴瑠璃合體的事。

因此只好說出另一個理由。

「呃……哥哥我戀愛了。」

「啥——」

瑠璃聽見無色這麼說，先是瞠目結舌了一會——

「啥啊啊啊啊啊啊啊啊啊啊啊啊啊啊啊啊啊啊啊啊啊啊——！」

然後發出響徹天際的吼叫聲。

「到、到到到到底是怎麼回事？意、意思是〈庭園〉中有你喜歡的人？你為了和對方在一起，選擇當魔術師？」

「啊，嗯，細節有點不一樣，不過大致來說就是這樣……吧。」

「什……！——」

瑠璃狠狠皺起眉頭，不知為何慌張得視線游移。

「你……你是笨蛋嗎？竟然為了這種理由自願待在戰場……！」

「抱歉，可是這件事現在對我來說比什麼都重要。」

「————！」

瑠璃聞言咬緊下脣。

——就像在努力克制著什麼似的。

但她很快又改變想法，用力搖搖頭。

「還、還是不行，我不允許這種事——」

瑠璃面有難色地想繼續說下去時，無色忽然想起某件事，「啊」地叫出聲來，動了動眉毛。

「對了，瑠璃，我有件事要拜託妳。」

「……什、什麼事？」

「這週六我想到〈庭園〉外面，妳有空的話可以陪我嗎？」

「………………咦？」

瑠璃聽見無色這麼說，一瞬間露出呆愣的表情。

不過，接著她的大腦終於理解無色的意思，登時睜大眼睛。

「你——你你你你你突然在說什麼？為什麼我要……」

「可以嗎？我真的很需要妳。」

「什麼……？」

無色接著說完，瑠璃倏地變得滿臉通紅。

「無、無色喜歡的人……該不會是——」

她喃喃嘟囔了幾聲後，焦躁地扭動身體。

「瑠璃？」

「……我、我考慮一下……！……只是考慮而已喔！」

瑠璃指著無色大喊完，便沿著步道一溜煙地跑走了。

◇

「——緋純～～～——！」

當天放學後，瑠璃一面放聲大叫一面用力打開宿舍房門。

先回到房間的緋純肩膀抖了一下，回頭望向她。

「哇！怎、怎麼了？喔……原來是瑠璃啊。收拾善後辛苦了。怎麼啦？」

第四章
約會

「發、發發發發生了緊急狀況！我、我哥他！」

「妳哥……妳是說玖珂同學嗎？」

「沒錯！就是他！他竟然邀我去約約約約、約會！」

「兄妹……稱得上約會嗎？兄妹一起出去很正常吧……」

「絕對是約會！他還說他是因為喜歡我才會來〈庭園〉！」

「咦……咦咦？」

聽見瑠璃這麼說，緋純大吃一驚。

「這、這樣啊……兄妹也能……那……他、他是怎麼邀妳的……？」

「他用真摯的眼神看著我說『我需要妳』……當時好像是在牆邊……？嗯……這樣想想，我好像被壁咚了……心情上就像是被勾起下巴一樣！」

瑠璃說完，緋純臉頰微微泛紅，興致勃勃地探出身子。

「哇、哇啊……真看不出來玖珂同學原來這麼大膽……」

「妳、妳覺得我該怎麼辦？我從來沒跟人約會過……！」

「妳問我也沒用啊……不過，我姑且確認一下，妳應該會赴約吧？」

「那當然！咦，為什麼這麼問？難道哥哥邀我，我還可以選擇不去嗎？」

「不，只是……總覺得妳對玖珂同學的態度很凶。」

「那是因為……有很多原因啦！這是兩回事！」

「好、好吧……」

緋純搔了搔臉，轉換心情問道：

「那……你們約哪一天？」

「這週六！」

「週六……是假日啊，那就不用穿制服了。妳或許可以先挑當天要穿什麼衣服……？」

「原來如此！不愧是緋純！明明沒經驗卻懂很多！」

「最後一句是多餘的。」

緋純露出不滿的表情，但瑠璃不甚在意，逕自大大地打開衣櫥。

接著開始仔細挑選疊放在裡頭的內衣褲。

「內衣褲應該要是成套的……選自己穿習慣的藍色系比較好吧？還是要挑大膽的黑色呢……？不，該用之前買來以備不時之需的吊襪帶了吧……？」

「等等，瑠璃，妳跳太快了。」

「……！也對，謝謝妳的提醒。我太興奮，以致操之過急了。比起性感內衣褲，白色的清純內衣褲才是最好的決勝內衣褲。」

「不是啦。」

「緋純總是會給我忠告，讓我冷靜下來。我真的很感謝能認識妳這樣一個好朋友——」

「竟然在這種情況下感謝我，妳考慮一下我的感受好嗎？」

緋純臉上流著汗，板起一張臉說了。

「為什麼會從內衣褲開始挑……？應該先挑外面的衣服吧……是說，妳哥會看到妳的內衣褲嗎……？」

「這個嘛……他畢竟是我哥……而且又對妹妹疼愛有加……」

「好、好不正常……」

緋純滿臉通紅地掩著嘴說道。但她隨即轉換想法，用力搖搖頭。

「聽我說，瑠璃。如果這是妳的選擇，我當然會支持妳，不過妳千萬別被沖昏了頭，一定要好好愛惜自己……」

「嗯……我知道了。婚禮小物我不會送熱轉印瓷盤，會從高級禮品型錄裡面挑的……」

「就說妳跳太快了！」

緋純忍不住大叫。

◇

於是到了週六，早上九點半。

「——好。」

騎士——不夜城瑠璃穿著可愛的戰鬥服(洋裝)從〈庭園〉出征。

她辦完手續，穿過正門之後回頭一看，原本聳立在那兒的巨大校舍和各種附屬設施變成了一所普通學校的校舍。

建築物本身當然沒有變化，而是被施了阻礙認知的魔術，以免讓「外面」的人看見〈庭園〉內部的真實狀況。

瑠璃將視線轉回前方，緩緩吐氣好讓心情平靜下來，這才邁開腳步。

她準備前往和無色約定好的站前廣場，從這兒走過去大約只要十五分鐘。約定的時間是十點，時間還很充裕。

話雖如此，如果她不刻意放慢腳步，很容易不自覺變成快走，甚至變成輕快的小跳步。

這也不能怪她。

畢竟——她今天要和無色約會。

第四章

約會

「…………」

但瑠璃用鋼鐵般的自制力壓抑自己興奮的心情。

不能表現得太雀躍。要是無色見她這樣，肯定會瞧不起她。

沒錯，這是兩回事。瑠璃雖然接受了無色的邀約，內心依舊想將他趕出〈庭園〉。

因此她今天得隨時保持冷靜，無論多快樂都不能表現出來。她將這點銘記在心。

然而——

「……！」

瑠璃心裡想著這些事，走了十五分鐘來到約定地點，見到無色那一瞬間，她立刻忘記剛才對自己的告誡，心臟怦怦狂跳起來。

無色注意到瑠璃，轉過頭來。

「——瑠璃。」

「…………！」

聽見無色喊自己的名字，瑠璃縮了縮肩膀。

但她旋即故作鎮定，不悅地抬起下巴。

「怎樣？有意見嗎？我能來你就該感謝我了。」

無色訝異地瞪大眼睛，打量了一下瑠璃的全身。

「妳好漂亮，嚇我一跳。」

「………………！」

這出其不意的一擊讓瑠璃不由得臉紅，顫抖著扭動身體。

但她馬上「啪！」地打自己巴掌，斂起表情。

「瑠、瑠璃？」

「別在意，只是蚊子而已。話說我們今天——」

瑠璃說到一半戛然而止，疑惑地眨了眨眼睛。

原因很簡單。無色後方站著一個眼熟的人。

——是彩禍的侍從，烏丸黑衣。

「早安。」

身穿便服的黑衣說著向瑠璃鞠了個躬，瑠璃也點頭回應她。

「嗯？啊啊，呃，早安。」

幾秒後。

「——不對，給我等一下啊啊啊啊啊啊啊啊啊啊啊啊啊啊啊！」

瑠璃發出了幾乎要叫破喉嚨的慘叫。

第四章

約會

「哇，怎、怎麼了，瑠璃？」

見瑠璃突然叫了起來，無色嚇得往後仰。

「我才想問你呢！黑衣怎麼會在這裡？」

「怎麼會在這裡……因為她要和我們一起出去啊。」

「什麼……？」

聽見無色這麼說，瑠璃的眼睛瞪得更大了。

她雙手顫抖，開始喃喃自語。

「……什麼？怎麼回事……？一起出去……意思是要三個人一起約會嗎？難道無色『喜歡的人』不是我，而是黑衣？若真是如此，那他幹嘛邀我……？是想在我面前和黑衣放閃嗎……？不、不行不行不行，冷靜點，不夜城瑠璃，身為魔術師可不能自亂陣腳……試著列出各種可能性……」

瑠璃用手扶著額頭，眼神認真地思索起來。

無色不明白她在說什麼，唯一知道的只有她對黑衣的出現感到驚訝。

不過這反應讓無色覺得莫名其妙。畢竟如果沒有黑衣，今天的「調查」就無法展開了。

無色想起幾天前——被滅亡因子襲擊後自己和黑衣的對話。

（──現在敵人已經知道彩禍大人還活著，我們反倒有一些手段可以反制。）

（反制的手段？）

（是的，那就是──校外調查。之前我們並不知道敵人是否發現彩禍大人還活著，因此不敢離開〈庭園〉以免暴露身分。不過既然敵人已經知情，我們就不用再那麼小心翼翼。直接去彩禍大人被攻擊的地方，調查殘留的魔力痕跡吧。但如果可以，還是需要一名騎士擔任保鑣──）

隨後無色便和黑衣分開，遇見瑠璃。無色立刻向瑠璃請求協助，而黑衣也罕見地稱讚他行動迅速。

然而，黑衣見到瑠璃這反應，用手抵著下巴發出沉思的低吟。

接著她像是想到了什麼，輕巧且迅速地靠向無色。

「──我是在無色先生的拜託下，無可奈何才答應的。不過看來瑠璃小姐對此似乎很不滿。好吧，那我們只好兩個人單獨出去了。」

「咦？」

「什……？」

黑衣刻意強調「兩個人單獨出去」這幾個字，瑠璃急得睜大眼睛。

「為、為什麼要這樣？我又沒這麼說！」

「不，妳不用勉強沒關係。請放心，親愛——無色先生由我來守護就行了。」

「親愛的？妳剛剛是要說『親愛的』嗎？」

瑠璃錯愕地大叫，然後用力抓了抓頭，喊著「吼喲～～！」將無色和黑衣兩人分開。

「……啊，好啦，知道了啦！不對，我還是不太明白這是怎麼回事！總之我跟你們一起去就行了吧！」

她有些自暴自棄地這麼說。

無色搞不太清楚狀況，但看來黑衣成功說服她了。他這才鬆了口氣。

「太好了，要是瑠璃沒辦法一起來，我可就傷腦筋了。」

「咳呵咳哈呼！」

無色面帶微笑說完，瑠璃猛地咳了起來。

黑衣見狀，輕聲對無色說：

「——看樣子成功了。」

「黑衣……妳為什麼要說那種話？」

無色配合黑衣小聲問道，黑衣點點頭回答：

「就我觀察，她可能誤會了些什麼。這樣下去她可能會憤而離去，所以我試著刺激了她一下。」

「喔，原來如此……」

「還有……」

「還有什麼？」

「我覺得不夜城騎士的反應挺有趣的。」

「…………」

無色總覺得這才是最主要的原因……但他決定當作是自己想太多。

當兩人交頭接耳時，瑠璃終於稍微冷靜下來，望向他們。

「……那我們今天要去哪裡？電影院？水族館？還是要衝去遊樂園？」

「咦？」

無色聽見瑠璃這麼問，愣愣地回答。

瑠璃看了他的反應，不滿地嘟起嘴脣。

「怎麼？提出邀約的是你，卻連要去哪都沒決定嗎？真拿你沒辦法……」

「不，不是的。我們今天有其他該去的地方，不會去妳說的那些場所。」

「該去的地方……」

瑠璃複述無色的話品味箇中含意，而後像是突然想到了什麼，紅著臉屏住氣息說：

「你、你在說什麼啊！黑衣也在耶！」

「？是啊，黑衣也得在場才行。」

「……！所以……這一切都在你的計畫之中……？咦，難道你找黑衣過來，是想叫她旁觀……？還是說，我才是旁觀的那個……？」

瑠璃一臉困惑地冒著冷汗。

無色歪了歪頭，朝瑠璃伸出手。

「妳在幹嘛？該走嘍。」

「咦？啊，好、好喔——」

瑠璃略帶遲疑地點頭，自然而然想拉住無色的手——卻忽然回過神，肩膀抖了一下。

無色也發現自己基於過去的習慣，下意識想牽妹妹的手。

「啊，抱歉，都忘記妳已經念高中了。」

「……！沒、沒關係啦！如果你想牽，我不會阻止你的！」

「呃，不用勉強——」

「如果你！無論如何！都想跟我牽手！我不會阻止你的！」

瑠璃刻意一字一句加強語氣說道。

正當無色滿頭問號時，黑衣極其自然地從另一側牽起無色的左手，作勢要往前走。

「好，我們走吧。」

「啊，好。」

「等一下～～～～～～～————！」

無色和黑衣正準備邁開腳步，瑠璃再次大叫起來。

「怎麼……黑衣，妳……在幹嘛？」

「我沒幹嘛啊。」

黑衣若無其事地回答。

看到她那冷靜的反應，瑠璃咬牙切齒，不甘地發出「唔唔……」聲，最後下定決心似的牽起無色的右手。

「……走、走吧。」

「咦？啊……好。」

瑠璃滿臉通紅地說了。

無色莫名其妙地左手拉著黑衣、右手拉著瑠璃，邁開腳步。

——他們穿過站前廣場，在大路上前進。

左擁右抱的無色一路上很引人注目，但現在的他比起難為情，內心更覺得感慨，感覺很久沒回到「外面」的世界。

熟悉的景物、令人懷念的街道。明明離開才幾天的時間，無色卻覺得好像已經過了很久。他不禁仰望天空，做了個深呼吸。一股近似於鄉愁的奇妙感受充滿他的肺腑。

「——啊。」

他們又這樣繼續走了一會，瑠璃似乎發現了什麼，叫了出來。

無色順著她的視線望去，看見一輛在賣可麗餅的餐車。

「真拿你沒辦法！既然你這麼說，我就勉強吃一下吧！」

「呃，我什麼都沒說啊……妳想吃嗎？」

聽見瑠璃突然這麼說，無色露出苦笑。瑠璃鼓起臉頰望向他。

「……約會時（這種時候）不是該買點東西來吃嗎？」

「……咦？調查時（這種時候）還是別吃東西比較好吧？」

瑠璃和無色向對方說完，雙方都疑惑地歪過頭。

不過可以確定的是，瑠璃似乎真的很想吃可麗餅。無色也沒理由拒絕。

他望向黑衣尋求她的許可。黑衣察覺到他的意思，垂下視線點了頭。

「既然都出來了，就去買來吃吧。」

「真的嗎？」

無色說完，瑠璃整張臉亮了起來——但很快又回過神，板起一張臉。

「好、好吧……也沒關係啦。反正你終究要離開〈庭園〉，就當作你的餞別禮，或者最後的晚餐吧。」

瑠璃像是忽然想到似的又加了這麼一句。無色聞言冒出冷汗。

「怎麼突然說這種話……那妳們要吃什麼口味？」

「……我要草莓奶油。」

「我要香蕉巧克力。」

瑠璃和黑衣看著店家的菜單回答。

無色也看了看菜單，想了一下後說：

「嗯～我也點草莓奶油好了。」

「——好耶！」

聽見無色的選擇，瑠璃握拳擺出勝利姿勢，隨後一臉得意地望向黑衣。

「你也點草莓奶油啊～～？我們雖然很多年沒見了，但畢竟是兄妹～喜好也很類似呢～～這一點真教人沒辦法～～」

「…………」

黑衣對此並沒有什麼反應，表情也沒變……但是不知為何看起來好像有些煩躁。

「那、那我就……點餐嘍？」

無色向店員點完餐，買好可麗餅後，一行人便到附近的長椅坐下。

順帶一提，拿著可麗餅當然沒辦法再牽手，不過無色依然被夾在中間，右邊仍是瑠璃，左邊仍是黑衣。

「我要開動嘍，啊嗯……！」

無色咬了一口包著滿滿草莓與鮮奶油的可麗餅，濃郁的甜味和清爽的酸味在口中擴散。

「嗯……我好久沒吃可麗餅了，還滿好吃的。」

「對呀，好好吃喔。和哥哥一起吃更好吃了。」

「咦？」

「我說你還是早點放棄當魔術師，滾出〈庭園〉吧。」

「咦，妳剛剛是這麼說的嗎？」

正當無色對瑠璃的發言感到疑惑時，在他左邊吃著香蕉巧克力可麗餅的黑衣忽然轉了過來。

「唔，我有點好奇你的是什麼味道。無色先生，跟我交換一口吧。」

「啊，好啊，來。」

無色點了頭，將可麗餅遞到黑衣面前。

黑衣也將自己的可麗餅遞了過來。

兩人同時發出「啊嗯」一聲，咬下對方的可麗餅。

「嗚、嗚哇啊啊啊啊啊啊啊啊啊啊啊啊啊啊啊啊啊啊啊啊啊啊啊──────！」

瑠璃看了，露出恐怖漫畫角色才會有的表情放聲大叫。

「嗚哇，嚇死人了。妳怎麼啦，瑠璃？」

「欸，我才想問你！你們到底在做什麼？這種行為……根本就是那樣了嘛！」

瑠璃紅著一張臉，指著無色和黑衣說道。

無色這才「啊」的一聲，睜大眼睛。

「也對，這麼說來的確是……」

「是，不過事到如今沒必要為了間接接吻大驚小怪吧？」

「事到如今？什麼叫事到如今？」

聽見黑衣平淡的回應，瑠璃大驚失色。

黑衣輕嘆一口氣說：

「瑠璃小姐，若妳已經跳進湖裡，還會在意一點毛毛雨嗎？」

「拜託別說這種別有深意的比喻！」

瑠璃大叫了一會後，發出「唔唔唔唔……」不甘的低吟，將可麗餅遞到無色面前。

「無色，也和我交換一口！」

「咦？可以是可以……但我們吃的是一樣的口味耶。」

「什麼……？」

無色說完，瑠璃錯愕地睜大眼睛。

「竟、竟敢算計我，黑衣……！」

「別說這種會讓人誤會的話。」

黑衣不悅地瞇起眼。

但瑠璃毫不在意她的反應，一口氣吃完手中的可麗餅，跑向餐車又買了一個回來。

接著用力咬了一口後，遞給無色。

「這是熱帶芒果口味！這下你沒意見了吧……！」

「啊，嗯……」

無色有點被她的氣勢嚇到，仍咬了一口她的可麗餅。瑠璃也咬了一口無色的可麗餅。

「……嘿嘿嘿。」

瑠璃露出滿意的微笑後，大口吃起手中的可麗餅。

「…………」

無色覺得她好像吃太多了……但她天真的笑容也讓他感到有些懷念。

◇

——於是，原本走一趟只要花三十分鐘的路，無色三人慢條斯理地花了三個小時才抵達目的地附近的公園。

一行人途中不知為何逛起了商店街、跑到遊樂場拍起了大頭貼，除此之外大致上一路順利。

「……黑衣，我就是在附近巷子走動時闖入了那個奇妙的世界。」

三人並排坐在公園長椅上，無色喝著從自動販賣機買來的冰紅茶，以瑠璃聽不見的音量小聲對黑衣耳語。

黑衣會意地微微點頭，隨即站起身。

「瑠璃小姐，我去一下洗手間。」

「喔，好，那我們在這裡等妳。」

「好的。」

這時黑衣瞄了無色一眼。

無色明白她的意思，和她一樣從長椅上起身。

「那我也去一下好了。」

「咦，你也要去？是不是喝太多茶了？還好嗎？還是別當魔術師吧。」

瑠璃歪著頭說。這句退學勸告已然變成像固定台詞或句尾了。

無色苦笑著揮揮手，和黑衣一同走向公園的廁所——進入視線死角後立刻步出公園。

接著稍微加快腳步，前往目的地。

「——離開瑠璃身邊沒問題嗎？」

「是有點危險，但不能讓她看見調查現場，只能這樣了。趕緊調查一下就回去吧。」

黑衣這麼回答無色的問題。無色點點頭，跑了起來。

不久便來到一條熟悉的巷子。

「——就是這裡吧？」

黑衣停下腳步，環顧四周。無色驚訝地睜大眼睛。

「妳怎麼知道？」

「憑感覺。」

她以一副理所當然的口吻回答無色。

這裡正好位於無色學校與自家的中間地帶，他那天闖入都市迷宮前看見的就是這幅景象。這裡離鬧區有段距離，路上沒什麼人，枝葉被風吹動的聲音顯得特別大聲。

乍看之下只是條平凡無奇的巷子……黑衣可能用了什麼無色不知道的判別方式吧。

「…………」

黑衣仔細察看過四周後，原地緩緩蹲下，用指尖輕撫地面。

「——再深入調查一下吧。無色先生，幫我一個忙。」

「好的，我該做些什麼呢？」

無色說完，黑衣站起身，朝他大步走來，最後將他逼至民宅圍牆邊。

「呃……黑衣，這是在做什麼？」

「和你想的一樣——請變身成彩禍大人，朝四周散播魔力。我會以此為催化劑，汲取現場殘留的同形波長殘渣。這樣一來就能找到當時施展第四顯現的痕跡。」

「呃，可是這裡是公共場所……而且瑠璃還在等我們，變身成彩禍小姐後要再變回來很麻煩吧？」

「應該沒問題，畢竟你抵擋不了誘惑。」

「好過分。」

「別說些有的沒的了，快把嘴脣靠過來。我這就把你變成女生。」

「這樣說會讓人誤——嗯唔！」

無色話還沒說完，黑衣就拉過他的衣襟強吻他。

他的身體瞬間變熱，接著泛起微光——變身成彩禍的模樣。以靈線織成的衣服也隨之變成女用的。

「——極彩魔女久遠崎彩禍，今宵再度降臨人間。」

「這樣自報名號讓人聽了怪彆扭的。」

「但我總覺得喊個口號比較好。」

「不需要——好了，讓我們開始吧。請站在路中間。」

「好的。可是，呃……我該怎麼散播魔力呢？」

「之前說過你還無法完全掌控彩禍大人的魔力，因此魔力隨時都在一點點向外溢出。你只要站在那兒就行了。我反而不希望你做多餘的事，怕你弄得像前幾天的教室那樣。」

「嗯。」

無色簡短回答後，瀟灑地走向黑衣要他站的地方，擺出有如模特兒的姿勢。

「正常站著就行了。」

「咦，可是……」

「不需要。」

黑衣嚴厲地說完，無色失落地垂下肩膀。他覺得剛才那樣挺帥的啊。

「要開始嘍。」

黑衣將一隻手伸向前方，深吸一口氣後喊道：
「——第一顯現，【審問之眼】。」
接著她的脖子周圍浮現出項鍊般的界紋，同時雙眸泛起光芒。
「……！黑衣，這是？」
「用以解析對象組成與結構的魔術。畢竟我也是〈庭園〉的魔術師。」
黑衣說著便以那雙泛著光的眼睛掃視無色周圍的景物。

「哼哼哼、哼哼哼哼——♪」
瑠璃坐在公園的長椅上，輕輕晃著手裡的瓶裝茶，歡快地哼著歌。
不過她的好心情其來有自。因為她正在和無色約會。
究竟有多少年沒和無色一起出門了呢？上次一起出門可能是國小的時候。
其實今天也沒做什麼事，不過就是逛逛商店街、買點東西吃而已。
但其中多了「無色」這個要素後，對瑠璃而言就變得無比開心。自從無色邀了她，她這幾天晚上甚至開心得睡不太著。
「……啊，不對，等一下。我要冷靜、我要冷靜……」

瑠璃微微搖頭，這樣告誡自己。

和無色約會固然開心，但她並沒有因為這樣就同意讓無色留在〈庭園〉。要是顯得太雀躍，無色之後可能就不太會把她的話當一回事。

她輕拍臉頰警惕自己後，望向豎立在公園中央的時鐘。

「奇怪？哥哥和黑衣好慢喔……」

瑠璃喃喃自語。

她明白去深究人家上廁所的時間很不禮貌，平常也不太在意這種事。

但「兩個人一起去」這點讓她感到有些奇怪。

「……！該不會……」

瑠璃腦中瞬間閃過一些不好的想像。

——無色和黑衣遠離瑠璃，走向廁所。就在離開瑠璃視線範圍那一瞬間，黑衣忽然舔了舔嘴脣，露出淫蕩的笑容——

（黑衣，待會見嘍。）

（呵呵呵……你在說什麼呢，無色先生？我們好不容易才能獨處。）

（哇！妳、妳要做什麼？黑衣！瑠璃就在附近耶……！）

（這樣正好。一直看你和瑠璃小姐放閃，我快受不了了。來吧，讓我教你何謂真正的快樂。）

（嗚、嗚哇～～！救我，瑠璃～～！瑠璃～～！——瑠璃～～！——（回音））

「——混帳黑衣，妳對我哥做了什麼……！」

瑠璃杏眼圓睜，捏爛手裡的寶特瓶，猛力跺腳。

「…………」

——黑衣使出第一顯現後，過了約三分鐘。

她苦惱地皺起眉頭，放下一直舉在前方的手。

同時她脖子上的界紋也隨之消失。

「有看出什麼嗎，黑衣？」

「……有，我看見了彩禍大人的魔力殘渣，這裡無疑就是事件現場。第四顯現能夠創造出一個極小的世界，但在現實世界必定會留下起點。」

黑衣如此回答無色的疑問。

然而她的口氣和表情一點也談不上開朗。

「——不過我未能觀測到其他魔力。雖然看到了一些散布在空間中的大魔力，但沒看到使用第四顯現的痕跡……」
「這代表……犯人消除了自己的作案痕跡嗎？還是說他根本沒有使用第四顯現……？」
無色說完，黑衣摸著下巴回答：
「硬要說的話，前者比較有可能……以這狀況來看不可能是後者。然而，施展第四顯現需要耗費大量魔力，怎麼可能將痕跡抹除到觀測不到的程度……而且——還有一件令我想不通的事。」
「想不通的事？」
「是的——彩禍大人的魔力殘渣莫名濃烈，濃烈得就像是——『彩禍大人使用了第四顯現』一樣。」
「……呃，換言之，彩禍小姐用了第四顯現對抗敵人失敗後，敵人抹除了自己的作案痕跡——？」
「這不可能。」
原本語帶保留的黑衣聽見無色這麼說，堅定地搖了搖頭。
「彩禍大人一旦使出第四顯現，就不可能會輸。」
「說的……也是。」
無色回想起與安維耶特那一戰，以及遭到滅亡因子襲擊時的事，不禁冒出冷汗。

「那麼……究竟是怎麼回事？」

「……這個嘛，比較有可能的狀況是——」

就在這一瞬間。

「——無色～～～～～！黑衣～～～～～～——！」

他們聽見後方——公園的方向傳來一陣急促的腳步聲以及這般吶喊聲。

「這聲音是……瑠璃？」

「…………！魔女大人？」

無色回頭時，瑠璃已經來到他身後。她見到無色——彩禍，似乎很驚訝，連忙用腳後跟煞車，當場停了下來。她腳下隱約可見煞車痕，還微微冒著煙。

「沒想到竟會在這裡見到您，真是榮幸之至！您怎麼會來這裡呢，魔女大人？」

瑠璃站直了向他行禮。無色含糊地笑了笑，回答：

「妳、妳好——我出來散步轉換心情。妳呢？怎麼會在這兒？」

無色說完，瑠璃像是想起什麼，肩膀抖了一下。

「對了……！魔女大人，您在附近有沒有看見我哥和黑衣？不對……您應該不知道我哥是誰……呃，是個看起來很容易被黑衣攻擊的男生！會激起他人母性本能，讓人克制不住的那種！」

「咦？喔……呃？」

瑠璃似乎是來找他們的。無色不知該如何回答，瞄了黑衣一眼。

然而黑衣剛才站的地方空無一人。無色在稍遠處的圍牆後方發現了她，看樣子應該是在第一時間察覺到瑠璃到來，躲了起來。

判斷得真快。和無色一起去廁所的黑衣若被看見和彩禍在一起，確實很難解釋。

「……，…………」

黑衣試著無聲地向無色比了些動作。無色總覺得她是在說「快找藉口應付過去」。

「黑衣啊？我剛才有看到喔。呃……她好像說公園的廁所人太多了，要去附近的便利商店……？」

「……！真、真的嗎？」

無色隨口說完，瑠璃安心地深深呼了口氣。

「什麼嘛……是我想太多了啊……我還以為……」

「還以為？」

「啊，沒、沒事！什麼事都沒有！」

瑠璃紅著臉搖了搖頭。

無色再次瞄了黑衣一眼，對方這次同樣回以誇張的肢體語言，好像在說：「你拖一下時間，我等會再跟你會合。」看來她還想再調查一下。

「呃——瑠璃，妳能陪我聊一下天嗎？」

「咦？可、可以嗎？」

「嗯，我走得有點累，想休息一下。妳儘管做妳想做的事，我不會打擾到妳的。」

「我一點也不覺得您打擾！那、那麼這邊請！」

瑠璃畢恭畢敬地指了指公園的方向。無色緩步跟在她身後一同走去。

「請稍等——」

來到公園後，瑠璃說著便將手帕攤開，鋪在樹下的長椅上。

「請坐。」

「啊，好，謝謝。」

無色覺得瑠璃有些禮貌過頭，但若拒絕她的好意，自己也過意不去，因此就不客氣地坐了下來。

但無色坐下後，瑠璃仍直挺挺地站在他旁邊。

無色察覺到她的心思，臉上露出柔和的笑容，以彩禍的口吻說：

「呵呵，妳也坐吧。這樣我挺不自在的。」

「……！是，那就失禮了……」

瑠璃戰戰兢兢地在無色隔壁坐下，坐下後背脊仍挺得筆直。

看來她真的很尊敬彩禍，那模樣讓無色看了不禁莞爾。

「魔女大人……？」

「啊，不，沒什麼——對了，今天吹的是什麼風？妳怎麼會和黑衣他們一起出門？」

無色當然知道背後原因，但為了以彩禍的身分和瑠璃順暢對話，他覺得還是先向對方詢問一下狀況比較好，便決定這麼問。

瑠璃一張臉莫名紅了起來，搔了搔頭。

「那個……其實我今天……呵、嘿嘿……是出來和哥哥約會的……」

「咦？」

聽見瑠璃害羞地這麼說，無色忍不住睜大眼睛。

「怎麼了？」

「呃，沒事。」

瑠璃疑惑地歪過頭。無色連忙搖搖頭帶過。

難怪從早上起他們就有點雞同鴨講，原來雙方的認知有這麼大的落差。

「該怎麼說呢——我終於明白妳為什麼這麼開心了。」

「咦？我表現得這麼明顯嗎？糟糕糟糕……」

瑠璃說著開始用雙手揉自己的臉頰，像是想斂起喜不自勝的表情。

「？哪裡糟糕了？開心有什麼關係？」

「不，這樣不行。開心歸開心……不能讓我哥察覺。」

「……？什麼意思？」

無色問完，瑠璃露出苦惱的表情說：

「嗯……您休假時我們班來了兩個轉學生……一個是黑衣，另一個是玖珂無色——他是我生活在『外面』的哥哥。不過我不知道他是從哪得知〈庭園〉的資訊……」

「噢——原來是這樣。」

身為學園長不可能不知道有轉學生，而且彩禍的侍從黑衣也常被目擊與無色對話。還是別表現得像第一次聽見這件事好了。無色含糊地應了聲，以免露餡。

「然後……您是〈庭園〉的學園長，這話在您面前有點難以啟齒……但我不想讓自己的哥哥成為魔術師……」

「…………嗯。」

這點無色知道。他雙手抱胸，發出低吟。

「瑠璃……妳討厭妳哥哥嗎？」

「怎麼可能！」

聽見無色這麼說，瑠璃忍不住大聲否認。

但她立刻回過神來，縮起肩膀。

「失、失禮了……」

「不會，沒關係。不過——可以告訴我為什麼嗎？」

無色說完，瑠璃面帶愁容猶豫了一會後，終於放棄掙扎開始說道：

「理由很單純，因為那些能毀滅世界的滅亡因子總會造成慘重災情。就連規模較小的災害級滅亡因子，也可能在短時間內導致數千人喪生。雖說只要在可逆討滅期間將之消除，那些災情就會變成『沒發生過』……然而一旦成為能夠觀測滅亡因子的魔術師，受到的內外傷和後遺症——甚至是死亡，就無法逆轉了。

……我不敢對您說謊，因此即使知道說來可恥，仍要這麼說。

我不想傷害哥哥，更不想失去哥哥。

畢竟我——正是為了保護他，才會成為魔術師。」

「————」

瑠璃這番真心話讓無色一時之間說不出話。

她的雙眸中透露出堅定的意志，接著說道：

「——既然能進〈庭園〉就讀，就代表他觀測得到滅亡因子吧。然而現在回頭還來得及，只要阻斷他的魔力、修改他的記憶，他仍舊能回去外面生活。雖然我很高興他跟隨我的腳步來到〈庭園〉……」

她說著激動地握起拳頭。

這番話有些地方讓無色覺得不太妙……應該是他的錯覺吧。

「我當然不能無視他本人的意願，逕自做這些事，所以我一定會讓他心服口服。屆時還望得到您的許可。」

她說完便直直盯著無色。

「…………」

或許是被瑠璃的氣勢所震懾，無色屏住了氣息。

但他現在是以彩禍的身分在和瑠璃對話，無法輕易答應這種事。

無色思索了一會後——嘆著氣說：

「……剛才是我失言了。瑠璃，妳應該——很喜歡妳哥哥吧？」

「——是的！非常喜歡！」

無色說完，瑠璃一反剛才的態度，笑逐顏開地回答。

「瑠璃。」

「是，怎麼了？」

「我可以抱妳一下嗎？」

「當然——呃，咦？」

瑠璃聽了滿臉通紅，顯得手足無措。

無色實在覺得瑠璃太可愛才忍不住這麼說，但他現在用的是彩禍的身體，對瑠璃而言可能太過刺激。他連忙揮揮手，說了聲「抱歉」。

「忘了我說的吧，我只是太感動了。」

「沒、沒關係……」

瑠璃像是鬆了口氣，又像覺得有點可惜，隨後肩膀抖了一下，開始東張西望。

「瑠璃？妳怎麼了？」

「啊……沒事，只是想說他們兩個也差不多該回來了——魔女大人，剛才那段話請您千萬別告訴無色。他知道的話，肯定不願意離開〈庭園〉。」

「……好，我不會說的……也不可能說。」

「拜託您了。啊，也別對黑衣說。他們倆不知為何關係很好——」

瑠璃說到一半，像是想起什麼似的動了動眉毛。

「——對了，說到黑衣，我從之前就很好奇一件事。」

「嗯？什麼事？」

第四章
約會

「您是什麼時候僱用黑衣的呢?」

「——咦?」

聽見瑠璃這麼說。

無色不由得忘了呼吸。

「什麼意思?什麼時候僱用她……?」

「是的,畢竟『您以前不是沒有侍從嗎』?」

「……!妳說什麼——?」

他明白這不是彩禍會有的反應,然而一時之間實在無法克制自己。他知道這樣聽起來有點語無倫次,仍繼續問道:

「等一下,黑衣不是從以前就住在我的宅第裡嗎……」

「……?是嗎?那真不好意思。因為我去過您的宅第好幾次,從來沒見過黑衣。」

「…………」

無色聽著瑠璃的話語,感覺自己心跳越來越快。

他了解瑠璃認真又執著的個性,這幾天下來也深刻理解了她對彩禍有多著迷。

因此他腦中閃過一個想法:

——黑衣是彩禍唯一的侍從,照顧她的生活起居。瑠璃真的有可能不知道這個人的存在嗎——

純粹是瑠璃沒注意到？

還是彩禍將黑衣藏了起來？

抑或是——

無色腦內千迴百轉，想過幾種可能後，用顫抖的聲音提出一個疑問。

「……瑠璃，妳第一次見到黑衣是什麼時候？」

聽見無色這麼問，瑠璃一邊思索一邊用食指微微畫圓，回答：

「我想想，我第一次見到她——就是在之前那場定期會議上。是魔女大人您親自把她帶進會議室的，不是嗎？」

「——」

這回答讓無色再度啞然。

定期會議。那天發生的事，無色記得一清二楚。

畢竟那天就是——無色和彩禍融合後，在〈庭園〉醒來的日子。

——在那天之前，瑠璃從來沒見過黑衣。

換言之，黑衣是在彩禍和無色遭到襲擊後才來到宅第的嗎……？

倘若這個推論是真的，那麼……

理所當然待在彩禍的宅第。

理所當然了解無色的狀況。

理所當然指示無色該如何行動的她——

究竟是什麼人？

「難道……」

無色感覺到胃裡彷彿有某種冰冷的東西在擴散，發出哀號般的聲音。

若繼續說下去，一切都會變得不同，無法再回頭。即使明白這點，無色仍控制不住。他半無意識地想說出那個最糟的可能性。

「黑衣，妳——」

——然而就在那一瞬間。

像是要斬斷無色說的話——

兩人周遭的景色為之一變。

「什……？」

「——！」

陰影逐漸滲入和煦的午後公園，令人感到不太對勁。

接著陰影便將四周全部包圍，地面隨即出現無數巨大的建築物。

——無邊無際的都市迷宮，由鐵與石頭構成的灰色世界。

沒錯，這無疑就是無色那天闖入的空間。

「——！第四顯現……？怎麼會？究竟是誰——」

瑠璃瞬間倒抽一口氣——但立即板起一張臉，轉換為戰士模式。

她似乎想起了前幾天定期會議上討論的內容——想起那名襲擊彩禍的謎樣魔術師。

「【燐煌刃】！」

喊出招式名稱後，她的頭部浮現兩片瑠璃色的界紋，手裡也多了一把發光的薙刀——是能夠形塑物質的第二顯現。

瑠璃警戒地舉起薙刀，接著摩天大樓之間爬出許多人影，像是被她的動作吸引一般。

瑠璃見狀微微皺起眉頭。

「……滅亡因子四一四號：『幽魂』——第四顯現中怎麼會有滅亡因子……？」

那些人影並沒有回答她。它們將那看不出視線朝向哪裡的臉龐轉向瑠璃與無色後，一同撲了過來。

「————喝！」

瑠璃深吸一口氣，大喝一聲並揮舞光刃。

光刃隨著瑠璃的動作，變得像絲線一樣細長。

第四章
約會

而後那條光線像是有自主意識地自在來回甩動，輕鬆切斷周圍那些攢動的人影的身體。

那些人影連死前哀號都沒有，就這樣消失在空氣中。

然而即使消滅那些人影，無色和瑠璃仍處在這座灰色迷宮內。

「嘖——雖說這裡不是〈庭園〉，你也太小看我們了吧？」

瑠璃輕輕咂嘴，扯開嗓門好讓聲音傳至摩天大樓的後方。

「——出來，這座空間的主人。能施展第四顯現的魔術師不可能只使得出這種小家子氣的攻擊。你的目的是什麼？你是不是明知這位大人是誰，還做出這種暴行？」

瑠璃的聲音經過大樓牆面的多重反射，有如山谷回音般迴盪在四周。

一會後，像在回應她的呼喊——陰影深處傳來一陣輕微的腳步聲。

「——！瑠璃。」

「是。」

無色出聲提醒瑠璃，她微微點頭，警戒地舉起薙刀。

不久後，錯綜複雜的大樓之間走出一道人影。

那人全身被連帽長袍包覆，兜帽壓得很低，別說長相和年紀，就連性別也辨識不出來。

不過那人頭上閃耀的四層界紋顯示出他或她就是這座空間的主人。那些充滿稜角的圖案疊加在一起，看起來頗像一頂帽簷寬大的帽子。

「你終於現身了。我這就以〈庭園〉騎士之名將你逮——」

此時。

將刀尖對準那個人並向對方喊話的瑠璃忽然倒抽口氣。

「——瑠璃？」

無色疑惑地望向瑠璃，不禁皺起眉頭。

他之所以有這樣的反應，是因為原本一直冷靜盯著敵人的瑠璃，如今臉上露出了極其慌張而困惑的表情。

只見她整張臉都在冒汗，嘴脣微微顫抖，眼睛睜到不能再大，眼球也不斷顫動，像是無法對焦一般。

「你——是——」

瑠璃喉嚨擠出沙啞的聲音。

她的用詞，她的語氣。

——就像突然意識到面前的人是誰一樣。

「……瑠璃！」

「…………」

無色放聲呼喚瑠璃，魔術師也在這時朝前方舉起一隻手。長袍袖子中露出又細又美的手指。
接著魔術師彈了一下手指。
「——！」
霎時間，瑠璃手中的光刃開始大幅膨脹，然後化作無數細針貫穿她的手腳和胸口。
「咦——」
瑠璃不明白自己身上發生什麼事，愣愣地叫出聲，整個人沉向地面，淹沒在全身噴出的鮮血中。
只有一瞬間。
這些全是一瞬間發生的事。
「瑠璃——！」
無色慘叫，衝向渾身是血倒在地上的瑠璃。一秒後她頭上的界紋消失不見，手中的薙刀也化作光芒消失。
她勉強還有呼吸，但顯然性命垂危。全身無數傷口不停湧出鮮血，尤其是貫穿胸口那根光針恐怕已傷及重要臟器。若不盡早治療，可能會有生命危險。不，即使治療了或許也——
「……！——」
眼見親妹妹令人慘不忍睹的模樣，無色感受到一陣椎心之痛。

無色懷著強烈的憤怒和恨意，瞪向佇立在前方的魔術師。

「你……！」

這個人襲擊彩禍、讓無色受到致命傷，現在又傷害了無色珍視的妹妹，是他無法饒恕的仇敵。

——必須趕緊在這裡打倒他。

否則瑠璃、無色、彩禍都會死。

無色明白自己是在逞強，但他仍下定決心站起身，朝魔術師伸出雙手。

「——呼。」

於是——

魔術師見無色這麼做，輕聲嘆了口氣，轉身離去。

就像今天的任務已經完成似的。

又或者——像是認為沒必要理會無色。

「等——」

無色原想叫對方等一下，說到一半卻停了下來。

他的確不能放過這名魔術師——但若對方真的在他的呼喚下停下腳步，瑠璃會如何？

不能因一時激動，在沒有勝算的情況下將瑠璃的性命置於險境。無色只好握起拳頭，咬緊下脣瞪著魔術師離去的背影。

——那名魔術師最終消失在黑暗中，包圍無色他們的迷宮也隨之崩解。

四周恢復成午後公園的閒適風景。

但這幅光景和剛才有著天壤之別。

「——啊啊啊啊————！——」

無色握緊沾滿妹妹鮮血的雙手。

發出哀痛又憤怒的吼聲。

✪第五章　魔女

當天夜裡，無色在〈庭園〉中央校舍頂樓的學園長室，聽艾爾露卡報告瑠璃的狀況。

「……說完了。她大量失血，所幸目前沒有性命危險——不過倘若晚一步接受治療，可就很難說了。」

艾爾露卡輕輕敲了敲手中的病歷，結束這場報告。

無色坐在學園長室最裡面的桌子前，聽完後稍稍鬆了口氣。

下午遭受襲擊後，無色立刻與〈庭園〉取得聯繫，請人將瑠璃緊急送往醫療大樓。他們說若見到學園長滿臉愁容，其他人也會感到不安，因此請他待在學園長室等待。老實說在聽到報告前，無色一直魂不守舍。

不過現在的狀況並不容他繼續安心。無色無奈地咬著牙，眉頭深鎖。

艾爾露卡察覺到他不太對勁，雙手抱胸問道：

「……究竟是怎麼回事，彩禍？瑠璃怎麼會受這麼重的傷？」

「…………」

第五章
魔女

然而，無色沒有回答。

他沒辦法回答。

於是，艾爾露卡見狀只能無奈地嘆氣。

「……說不出口是嗎？那就算了。妳不說一定有妳的理由。」

「……抱歉。」

「就說沒關係了，日後再說吧。」

她說著便準備離開學園長室。無色朝她的背影喚了一聲。

「艾爾露卡。」

「嗯？」

「我不是……有個叫黑衣的侍從嗎？妳對她了解多少？」

聽見無色這麼問，艾爾露卡不解地歪過頭。

「侍從……是那個穿黑衣服的女人嗎？上次定期會議是我第一次見到她，怎麼了？」

「…………這樣啊。」

無色沉默了幾秒靜靜地說完後，搖了搖頭。

「瑠璃就拜託妳了，艾爾露卡。」

「好，交給我吧。」

艾爾露卡點了頭，離開學園長室。

關門聲傳來，房間隨即陷入寂靜。

「…………」

無色緩緩站起身，走到房間深處的全身鏡前，盯著鏡中的人物。

窗外透進來的月光照著這名絕美的少女。

她是久遠崎彩禍，是世界最強的魔術師，是〈庭園〉的學園長，也是無色的初戀，奪走了他的心。

而現在——她也是無色擁有的形貌之一。

無色與她邂逅，接收了她的身體與力量，展開這段奇妙的雙重生活。

一切都是為了打倒襲擊彩禍的那個人。

也是為了找回彩禍本人的意識。

無色從未忘記這些目的，也從未輕忽這些事的重要性。他認為自己已經做到所有能做的事。

然而得到的卻是這種結果。

他從一開始就知道這件事很魯莽，也清楚這樣做有多胡來。

但他腦內某處還是抱持著些許樂觀的想法。他能感受到自己一天比一天更能掌握「魔

第五章
魔女

術」這股未知的力量，面對這樣的狀況說不興奮是騙人的。他有種沒來由的自信，認為只要憑藉久遠崎彩禍，這名最愛、最強少女的身體，定能突破此次的困境。

無色感受到強烈的無力感與自我厭惡。

原因無他，只因他心中一直缺乏一項決定性要素。

——那就是絕對要殺死彩禍仇敵的近乎偏執的復仇決心。

「……啊啊……」

然而現在不同了。

親眼見到這名「敵人」，見到瑠璃被對方所傷，讓無色心中燃起了覺悟與決心。

——竟敢傷害瑠璃，我可愛的妹妹。

——竟敢傷害彩禍小姐，我最愛的人。

「不可饒恕。」

無色平靜而堅定地說出這句話。

然後向前踏出一步，將雙手撐在全身鏡上。

「——彩禍小姐，對不起，我準備要做魯莽的事了。」

無色下定決心這麼說完——

「請將妳的力量借給我。」

輕輕吻了鏡子一下。

◇

無色打開學園長室深處的門，映入眼簾的是寬敞的庭院。

四通八達的步道、受人精心照料的花圃和樹木。現在時間已晚，等距設置的路燈依稀照亮這些景物。

這裡是中央校舍的最高樓層，門後本來不該出現這些景物。會這樣是因為有魔術將〈庭園〉內特定幾扇門連結在一起。

無色剛開始不太會用，經常穿越到一些奇怪的地方，不過現在已經很習慣了。他確認過眼前景色和自己所想的一樣後，踏出那扇門並將門帶上。

外頭是位於〈庭園〉北部區域的彩禍的宅第前院。無色背對豪華的宅第，緩步前行。

「──────」

走到庭院中央時，站在那兒的少女回過頭來。

「無色先生，不夜城騎士的狀況如何？」

少女──烏丸黑衣像平時一樣面無表情地問。

一個人站在這種地方也挺奇怪的，無色卻一點都不驚訝。

畢竟叫黑衣來這裡的不是別人，正是無色自己。

是的，無色有件事無論如何都想問黑衣。

「……是，聽說暫時沒有生命危險。」

無色感覺到胸口隱隱作痛，但依舊這麼回答。

「是嗎？那就好……沒想到對方會如此大膽地再三發動襲擊。看來已經沒多少時間，很快就要正面對決了。無色先生，請做好心理準備。」

黑衣淡淡地說道。

無色凝視了她一會後，細細地呼了口氣。

「…………我啊——」

「是的？」

黑衣疑惑地微微歪頭。

無色沒有別開視線，繼續說下去。

「其實很感謝妳——被『敵人』襲擊，和彩禍小姐合體後，我完全摸不著頭緒，是妳一直在幫助我。如果沒有妳，我一定會惹出更多麻煩。」

「別在意，這是身為彩禍大人侍從的職責。」

黑衣維持抬頭挺胸的姿勢回答。

那模樣一絲不苟，看起來完全是個侍從。

——就像在精心扮演「侍從」這個角色一樣。

無色吞了一口氣，開口詢問她。

「所以我希望妳誠實回答，拜託妳了。」

「……？到底是什麼事——」

「——黑衣，妳究竟是什麼人？」

無色說出這句話的瞬間。

黑衣的聲音戛然而止。

那雙看不出情緒的眼睛靜靜地望著無色。

無色感覺到自己心跳逐漸加快，仍然努力不表現出慌張，慢條斯理地說：

「……彩禍小姐以前並沒有侍從。黑衣，妳在〈庭園〉現身的時間，和我來到這裡的時間幾乎一致——

——我再問一次，妳究竟是什麼人？為何要對一無所知的我自稱是彩禍小姐的侍從？」

無色並未因為這些證據就斷定黑衣是襲擊犯，他也不希望如此。

但他可以確定黑衣有事瞞著自己。

因此他向黑衣質問了這一點。

「…………」

無色說完，黑衣沉默了好一會。

而後她的喉嚨傳來一聲輕微的嘆息——

「——『什麼嘛，你發現了啊』？」

她勾起嘴角，露出豔麗的微笑。

「…………！」

黑衣這般與之前迥異的表情和語氣，令無色全身寒毛直豎。

她的形貌並沒有改變，背後也沒有冒出怪物。唯一改變的只有表情和說話方式。

然而無色有股錯覺，覺得眼前的少女瞬間變成了另一個人。

「妳——是誰……？」

無色全身緊繃，蹲低身體擺出備戰姿勢。

黑衣見狀愉快地笑了。

「嗯，這反應還不錯，雖然離及格還有點遠——嘍！」

她說到一半身體突然晃了一下，下個瞬間就貼到無色面前。

「什——」

難道是瞬間移動——不，她只是蹬地朝無色撲來而已。然而那速度和流暢的動作讓無色難以應付。

想急忙發動魔術也太遲了，黑衣已經靠近到他舉起的臂膀內。她整個人猛地撞了過來，壓在無色身上，兩人一同摔向後方。

「唔……！」

無色跌坐在堅硬的路面，慌張地抬起頭。

這時他心裡浮現了一個疑問——自己遭到偷襲，卻沒受什麼傷。

黑衣確實用身體衝撞了他，使他跌坐在地的臀部隱隱作痛，但也只有這樣而已。若黑衣真的懷有敵意展開攻擊，應該不只這樣——

——就在這時。

「…………！」

無色的思考被迫中斷。

因為黑衣身後——不久前無色所站的位置——

出現了一座巨大的尖塔，上下顛倒地從空中落下。

第五章
魔女

「啊——咦……？」

尖塔刺進地面，碎片四散噴飛，衝擊波也朝四周擴散。黑衣整個人壓在無色身上，無色越過她的肩膀看著這毫無真實感的一幕。

「……哎呀呀……這個人還真愛大場面。」

黑衣一邊嘆氣一邊回頭瞄了身後——那座顛倒豎立的尖塔。

就在她轉頭的同時，聳立在前院中央的顛倒尖塔也和光一同消失。無色的視野瞬間被炫目的光芒完全占據。

等到光芒減弱時——無色和黑衣周圍的景色已和剛才完全不同。

「這是——」

由無數摩天大樓構成的一座毫無生氣的都市迷宮。

無色第三次看到這幅光景，驚訝得忘了呼吸。

「怎麼回事？所以妳不是敵人——」

「——哈，若真是這樣……也挺讓人意外，挺有趣的。」

黑衣說著輕笑起來，然而她的臉色一片蒼白。

這時無色才注意到黑衣的背流出大量鮮血。

沒錯，黑衣不只將無色推倒在地，她料想到空中會有東西砸下來，用身體保護了無色。

「……！黑衣，妳流血了——」

「……我搞砸了……更要緊的是，你自己要小心點。那個對我們而言最糟糕的死神……來了……」

黑衣說完這句話後，全身便失去力氣。

她似乎昏了過去。儘管還有呼吸，但血流不止，得盡快接受治療。

然而無色很快就知道這辦不到。

就像在呼應黑衣說的話，一道人影從陰影中滲透出來似的出現在他們面前。

那個人全身被長袍包覆，兜帽低得只隱約看得見嘴巴。

從那身裝扮看來，他似乎不願讓人看見自己的長相，唯一清楚露出的只有四片界紋，在他頭上熠熠閃耀。

「……！」

不會錯，他就是使彩禍受到致命傷、貫穿無色胸口，今天又襲擊了瑠璃的可恨魔術師。

「啊——啊啊啊啊啊啊啊啊啊啊啊啊啊啊啊！」

無色一認出那個人，立刻握緊舉在前方的右手。

他頭上亮起界紋。那一圈界紋有如魔女帽的帽簷，又像天使的光環。

是第一顯現。從自身世界萃取出現象，使之具象化的顯現術式。

無色前幾天在課堂上還不太會操作，如今極其自然地發動了這一招。

他身體周圍冒出許多光球。

接著他將手用力一揮，那些光球便迅速朝魔術師飛去。

「────」

然而──就在無數光球快要碰到魔術師的那一瞬間，光球卻像要避開他似的忽然改變軌道，飛向他身後。

然後就這樣在他身後宛如煙火般炸裂。

「什……」

眼前發生的現象讓無色目瞪口呆。

他之所以這麼驚訝，是因為魔術師既未閃避也沒防禦，是這一記攻擊違背無色的意思，自己改變了軌道──就像拒絕傷害那名魔術師一樣。

無色愣愣地看著這令人費解的現象，這時魔術師勾起了兜帽下隱約露出的嘴角。

「──沒用的，在這空間中沒人贏得過我。」

「────咦────？」

無色不由得倒抽口氣。

原因簡單明瞭。

他聽過這名魔術師的聲音。

然而這種事絕對不可能發生。無色困惑地皺起眉頭，仔細端詳對方。

於是，魔術師似乎覺得無色的反應很有趣，微微晃動肩膀笑了笑，忽然摘下遮住自己面容的兜帽。

原本塞在兜帽裡的長髮隨即展露出來，在四片界紋照耀下閃閃發亮。

「————」

看著那人暴露出的面容。

無色這次更是驚訝得全身動作完全靜止。

因為站在那兒的是——

「彩禍……小姐？」

——和無色有著相同外貌的久遠崎彩禍本人。

「嗨，『我』，好久不見……這麼說也有點怪。沒想到妳在那樣的狀態下還能撿回一命。不是我自誇，這生命力還真強。」

魔術師——彩禍以輕鬆的態度揮了揮手。

「什……」

無色無法相信眼前發生的事，無意識地撫摸自己的臉，像是想用手指確認自己五官的形狀一樣。

「這到底……是怎麼回事——」

「哈哈，妳在驚訝什麼？嗯……不過妳竟然叫我『彩禍小姐』？就算再怎麼難以置信，這樣叫也太見外了吧？——噢，不對——」

彩禍興致盎然地瞇起眼睛，從各個角度打量無色。

「難道——『你』其實不是『我』嗎？」

「…………！」

聽見彩禍這麼說，無色吃驚地抖了一下肩膀。

彩禍見狀呵呵笑了起來。

「被我猜中了？難怪我覺得你有很多反應都很奇怪——原來如此，這下我明白了。她應該是用了融合術式讓你們倆的生命結合，藉此活下去吧？哎呀，我這個人為了活下去還真是不擇手段，怎麼就不乾脆地死去呢？」

她說著聳了聳肩。

嚴格來說，現在的無色和她看起來並不完全一樣。

她身上穿的衣服自不用說，頭髮也綁得鬆鬆的，就連頭上的界紋也多了些稜角。那雙五彩眼眸下隱約浮現黑眼圈，看上去有些疲憊和憔悴。

不過扣掉這些不談，她的外貌、姿態、氣質——無疑就是久遠崎彩禍本人。

「妳是……彩禍小姐……嗎？」

「是的，沒錯。呃，你是——」

「……我叫玖珂無色。」

「無色，這真是場災難。我代替那個『我』向你道歉。抱歉把你捲入這場麻煩之中。」

「……什麼意思？難道彩禍小姐有雙胞胎姊妹嗎？還是妳用了某種魔術，幻化成她的模樣……？」

「哈哈，你想像力真豐富。魔術確實能精巧地複製他人的長相，不過——假使有人能模仿我的術式，甚至連第四顯現都能重現，那麼他已經稱得上是神了吧。」

彩禍笑著說完，豎起大拇指指著自己的胸口。

「我是如假包換的久遠崎彩禍——只是『我來自你們現在這個時代不久後的未來』。」

「什麼——」

聽見這突如其來的發言，無色驚訝得瞠目結舌。

「未來的……彩禍小姐……？」

這實在讓人難以置信，又太過突然。

如此出乎意料的狀況差點讓無色的思考停頓下來。

但他隨即重新整理了思緒。

他想起自己在〈庭園〉醒來那天，黑衣曾說過的話。

（——像是能創造出毀滅星球的兵器的智慧果實、能讓所有你想得到的天災同時發生的靈脈異常、能將一切啃食殆盡的金色蝗蟲群、具有極高傳染率與致死率的死神之病、「從未來穿越回來試圖改變歷史的未來使者」、光是存在就足以讓地面滿布業火的炎之巨人——我們將這類能讓世界崩毀的存在統稱為「滅亡因子」。）

沒錯，無色聽說過這件事。

——聽說過這世界曾有未來人造訪。

這起事件或許也屬於上述滅亡因子之一。

差別只在於——穿越回來的那個未來人是「誰」而已。

沒什麼大不了，把事實攤開來一看就是這麼單純的一件事。

能殺死世界最強魔術師久遠崎彩禍的，就只有世界最強的魔術師。

但是其中仍有令人不解之處。無色眉頭深鎖，開口問道：

「……為何未來的彩禍小姐要殺現在的她？」

是的，即使她說的一切都是真的——無色還是不明白她為何要穿越回來殺死自己。

聽見無色這麼問，彩禍微微點頭後回答：

「我的目的向來只有一個。

——就是解救世界與活在世上的人們。」

「……這是什麼意思？」

無色皺著眉追問。

彩禍靜靜垂下眼眸，接著說下去。

「……在不久的將來，我的世界將會『毀滅』。」

「…………！」

突然聽見這衝擊性的宣言，無色緊張得難以呼吸。

但彩禍顯然不怎麼在意，繼續說明。

「我身為世界王有義務阻止這件事，讓這件事變成『沒發生過』。而我能想到唯一的方法就是取代過去的『我』，取得世界的管理權，在毀滅的種子萌芽前擬定對策——不過前提是必須打亂因果定律，以免過去的『我』死後，我也跟著消失。」

「世界王……？世界的管理權……？」

無色的眉頭皺得更緊，彩禍則露出一副理所當然的表情聳了聳肩。

「看來你們沒有共享記憶，你真可憐——不，反而該說是幸運吧？畢竟我腦中有太多你還是別知道比較好的資訊。」

第五章
魔女

彩禍用食指指了自己的側頭部，有些自嘲地說。

無色因困惑而皺起臉。

「……等一下，世界……毀滅？哪有那麼容易就——」

「世界並沒有你想像中那麼穩固。其實——真實世界早在很久以前就已經毀滅了。」

「…………什麼……？」

無色不明白彩禍說的話，呆若木雞。

「妳在說什麼……那我們現在身處的是什麼地方？」

他臉上充滿困惑，用腳跟蹬了一下地面。

彩禍聞言笑了出來，聳了聳肩。

「這裡？這裡是我的顯現領域啊。」

說著展開雙臂，像在展示眼前這片都市迷宮的景色。

「請不要轉移話題，我不是問這個——」

「不，『就是這麼回事』。我沒有轉移話題，反而還很認真地回答你呢。」

「咦……？」

無色頭上浮現問號，彩禍垂下眼眸，接著說下去。

「第一顯現〈現象〉、第二顯現〈物質〉、第三顯現〈同化〉、第四顯現〈領域〉——

現在最主流的魔術『顯現術式』可分為這四個階段。到這裡還聽得懂嗎？」

「…………」

彩禍刻意比出誇張的手勢這麼問。無色以沉默代替回答，直直盯著彩禍。

彩禍明白他的意思，點了頭。

「不過，如果還能再發展下去，如果有什麼力量能超越被譽為最高境界的第四顯現──你認為可以形塑出怎樣的東西？」

「怎樣的東西──」

無色凝視著彩禍，開始思考。

第二顯現能形塑物質，第三顯現能使其纏繞在自己身上，第四顯現則能以自己為中心，在周遭一帶形成自己的空間，有些力量強大的魔術師甚至能變出無邊無際的廣大空間。

倘若還能再發展下去，最有可能的就是──

「──不會吧。」

無色的話語和表情讓彩禍樂得勾起嘴角。

「沒錯──第五顯現就是〈世界〉。

這沒什麼。你們現在所稱的地球，不過是當初真正的地球毀滅時，由一名魔術師創造出的顯現體罷了。」

「————————」

這離譜至極的資訊令無色啞然失語。

「距離『現在』約五百年前，地球這顆星球正式死亡。當時我用第五顯現造了一個與地球相同的世界，讓剩下的人們逃去那裡。當然——並不是地球上所有人。我不是說了嗎？『這世界』比你所想的還要脆弱、易壞。」

「…………」

見無色沉默不語，彩禍微微歪起嘴角。

「——呵，連話都說不出來啊。還是無法置信嗎？」

「咦？喔，不是的。」

然而無色搖了搖頭。

「我可以想見彩禍小姐確實有本事做到這點，畢竟是彩禍小姐。硬要說明的話，我剛才其實是在回顧這十七年來自己是如何活在妳創造出的世界，沉浸在這股餘韻中。感覺連空氣都變新鮮了呢。」

聽見無色這麼說，彩禍睜大眼睛愣了一下，而後忍不住笑出來。

「哈哈哈，還以為你要說什麼呢。看來『我』真是選了個奇怪的對象。」

無色望著彩禍，屏住呼吸，嚥了口口水。

他並未完全理解彩禍說的話，甚至可以說這些內容他大部分都不理解。唯一知道的只有——彩禍為了預防世界毀滅，用了某些方法從未來回到這個時代。

但正因如此，有件事他怎樣都想不明白。他盯著彩禍的眼睛，開口問道：

「……可是為什麼這樣就要殺死彩禍小姐呢？若想修正錯誤，只要對過去的自己提出忠告，就能避免最糟的情況發——」

「不可能。」

彩禍以死心的語氣打斷無色的話。

「那個『我』絕對不會接受現在的我所提出的建議——因為想要拯救世界免於毀滅，必須做出不少犧牲。」

「不少犧牲——」

「——沒錯。初步估計，至少要犧牲世上三成以上的人作為讓世界存續下去的基石。」

「……！」

無色不禁語塞。

「妳——不只殺了對此一無所知的彩禍小姐，傷害了瑠璃和黑衣，還打算犧牲好幾億人當作祭品嗎？」

「我心裡也很難受。然而若不這麼做，我的世界就會毀滅，世上的生物也會滅絕……那麼想也知道該選什——」

「不可以。」

無色口氣嚴厲地打斷彩禍說的話。

「……什麼？」

「——『彩禍小姐不會說這種話』。」

聽見無色斬釘截鐵地這麼說，彩禍目瞪口呆。

「……你在說什麼？」

「不行，這不像彩禍小姐會做的決定——她就算面對再絕望的狀況，也會設法找出能拯救所有人的方法。」

無色說完，彩禍不悅地皺起臉。

「你以為我沒嘗試過嗎？我想過所有方法、尋遍各種對策，最後找到的一絲希望就是這個——」

「就算如此也不行。就算如此，彩禍小姐也不會這麼做——因為彩禍小姐比誰都愛這個世界。」

「————！」

彩禍聞言，表情再度產生變化。

她先是面露驚訝，接著超越了不悅——達到憤怒狀態。

「……說得還真輕鬆。你到底懂什麼？」

「我並不是抱著這樣的心態說的，只是覺得——現在的妳不像彩禍小姐，僅此而已。」

無色知道這麼說很荒謬。

畢竟眼前這個人雖然是從不同時代來的，終究還是久遠崎彩禍本人。

另一方面，無色不過是偶然與彩禍合體，並不了解彩禍的為人。

關於彩禍的一切，他全是從別人那裡聽來或從紀錄影片看來的，與她本人的交流僅止於她臨死前對他說的那幾句話。

說得極端一點，無色很可能只是在心中美化了這個一見鍾情的對象。不僅如此，他甚至還在本人面前大放厥詞。連他自己都覺得這樣的想法有點危險。

然而無色心中沒有一絲迷惘。

他近乎瘋狂地相信一件事。

——這個強大得足以改變無色的人生，又如此美麗的人，不可能做出這樣的決定。

「哼，說什麼傻話。如果連我都不像我自己，誰才能代表久遠崎彩禍？」

愛情是盲目的。

愛情是瘋狂的。

無色忽然舉起右手，豎起大拇指，指向自己的胸口。

「——在這個時代、這個世界，我——不……」

然後他高聲主張：

「『老娘才是久遠崎彩禍』。」

「什麼——」

聽見無色大言不慚地這麼說……

「——哈哈哈、哈哈哈哈哈哈哈哈哈哈——！」

彩禍忍不住大笑。

「還以為你要說什麼……蠢到這個地步反而很稀有呢。」

她笑了一會後，從掩面的指縫間對無色投以銳利的目光。

「……但你好像搞錯了一件事。我不是來這兒和你問答的，做的事也不需要得到你的認可。

我的目的只有一個，就是從這時代的『我』那裡奪取世界王的寶座。換言之，和『我』共用身體的你——下場只有死……！」

彩禍說完，以誇張的動作張開雙臂。

她頭上的第二片與第三片界紋隨著她的動作放出強光。

「————！」

無色瞇起眼睛，同時彩禍的手和身體逐漸被光纏繞。

隨後那道光形成了兩樣東西。

一是巨大的魔杖，中心有個宛如地球的球體。

二是穿在她身上的一襲光之禮服。

這兩樣東西搭配她頭上的界紋，讓她看起來成了貨真價實的「魔女」。

這就是極彩魔女久遠崎彩禍的第二與第三顯現。

美麗而令人驚豔的模樣，讓無色差點看得入迷。

但現在的狀況不容許他這麼做。

「呼————」

彩禍舉起比自己還高的巨大魔杖——用前端敲了一下地面。

霎時間，彩禍和無色周圍的都市迷宮景色為之一變。

「什……？」

——變成一片狂風暴雨的汪洋。

不，那不只是普通的汪洋。水面宛如幻化成擁有自主意識的怪物，像要用雙手緊抱住無色，將他吞噬。

第五章
魔女

無色登時陷入水中無法脫身，猶如無力的木片被捲入漩渦之中。不但呼吸有困難，手、腳、身體、頭部還感受到從各方襲來的強大壓力，幾乎要將他的全身扭得四分五裂。

「────，────！」

他在即將失去意識之際努力集中精神，踩著第一顆現的光球，躍出海面。

「呼……！呼……！────」

「哈哈哈，你還挺靈活的嘛。」

飄浮在空中的彩禍愉悅地笑了，將手中的魔杖舉向天空。

「不過，你不會以為這樣就結束了吧？我的第四顯現能變出這世上所有景象──這就讓你瞧瞧我為何會被稱為極彩魔女。」

彩禍才說完，手中的魔杖便綻放耀眼光芒──四周這片洶湧大海隨即改變了形貌。

天空中是蒸騰的白煙，地面上是滾燙的熔岩。

無色和彩禍身處的空間，剎那間出現一座無比巨大的火山口。

「唔……！」

熾熱的空氣灼燒著無色的皮膚和黏膜，連睜眼都辦不太到，他因而瞇著眼開始猛咳。

彩禍當然不在意無色感受如何。他狹窄的視野中瞧見熔岩如巨浪般打來，接著熔岩之中冒出了一道龍形的火焰。

「什——」

無色不由得倒抽口氣。

那條火龍像在誇耀自己的身形大幅扭動後，張開血盆大口衝了過來，想將無色吞下肚。

他腦中閃過「死」這個字。迎面而來的敵人是火龍，別說被咬，光是碰到它的身體就會被燒死。

「——」

然而在岌岌可危的狀況中，占據無色腦袋的不是對死亡或疼痛的恐懼，而是另一件事。

這樣下去幾秒之後，無色的——彩禍的美麗肌膚就會被燒爛。不，說不定還會直接被燒成焦炭。

這副世上最美的少女身軀。

這個為神所愛的極致藝術品，久遠崎彩禍的身體。

無色絕不允許這種事發生。

「不許妳繼續……傷害彩禍（我）——！」

他大吼一聲，朝火龍舉起右手。

儘管毫無根據，他仍充滿信心。

這副身體和眼前的敵人一樣，同樣是最強魔術師久遠崎彩禍。

那麼她能辦到的事——這副身體沒道理辦不到。

「啊啊啊啊啊啊啊啊啊啊啊啊啊啊——————！」

——火龍吞噬了無色。

驚人的熱度侵襲周圍的空氣。

然而——

「……哦？」

不久，彩禍發出興致勃勃的聲音。

因為剛才本該被火龍吞噬的無色現在正飄浮在她眼前。

「——挺行的嘛，竟能在危急時刻創造出這樣的奇蹟。」

彩禍瞇起眼睛，再次上下打量無色。

「……——」

無色眼前充滿五顏六色的光芒，他喘著氣，肩膀上下起伏。

剛才光是呼吸，鼻腔黏膜和肺部就像要燒起來一樣，現在卻感受不太到周圍的熱度。

沒什麼好奇怪的。因為如今無色頭頂上浮現了三片界紋——手中出現巨大的魔杖，身上出現華麗的光之禮服。

是的，這正是久遠崎彩禍的第二與第三顯現。

無色像照鏡子般，將眼前彩禍那身裝扮複製到自己身上。

「……眼前就有這麼好的範本，我當然要參考一下。話說妳在我面前暴露的祕技會不會太多了點？」

無色模仿彩禍的語氣說完，彩禍微微勾起嘴角。

「有意思。我倒要看看你這個虛有其表的假貨能追趕我到什麼地步。」

「追趕妳？這樣說真奇怪，就好像妳早就贏了一樣。」

「哼——」

彩禍愉悅地咧嘴，將手中的魔杖舉向前方。

無色完美模仿她的動作，舉起魔杖。

他頭上浮現了——相當於魔女帽尖端的第四片界紋。

「萬象開闢。」

「天地於焉歸吾掌中。」

「向吾宣誓恭順。」

「吾願——」

「「——收汝為新娘。」」

兩人的聲音重疊在一起，同時周遭的景色第三度變換。

第五章
魔女

遠在天邊的地平線，沙塵漫天飛舞的遼闊沙漠。

他們倆的第四顯現彼此混合，形成一幅奇妙風景。

「強風刮起——」

「喝……！」

強風在彩禍與無色的號令下刮起，捲起遍布地面的沙子，形成兩道巨大的龍捲風。

沙色漩渦如蛇一般激烈翻捲，在兩人之間糾纏，朝四周大肆噴出霰彈般的沙礫。

「呵，看來你不只是說說而已。竟能在這麼短的期間內學會我的術式！我都想向你請教是怎麼學的了！」

彩禍大笑，轉動手中的魔杖。

「不過——你以為這樣就能贏過我嗎？」

在她這麼說的同時，兩人周圍的空間再度開始扭曲。看來她想再創造一個新的空間。

「——」

無色集中精神，觀察彩禍的一舉一動以及她身旁魔力的流動。

他有種奇妙的感覺。自從穿上第三顯現的禮服後，他便能隱約感受到彩禍打算創造的空間是如何形成的。

「第四顯現——」

無色幾乎到達忘我的境界，亦步亦趨地模仿彩禍轉動魔杖。

四周的景色以彩禍和無色為起點，逐漸改變形貌。

——由無數摩天大樓構成的都市迷宮填滿了整個視野。

沒錯，彩禍創造出的正是今晚一開始形塑的那片景象。

「——嗯，還是這招用起來最順手。這或許可說是我心中最原始的風景吧。」

彩禍滿意地點點頭，望向無色露出微笑。

「雖然還想再陪你玩一會——但我可沒那麼閒。該做個了斷了。」

說著便「噠」地蹬了一下地面。

然後彷彿不受重力控制，整個人騰空飛起。

「……！等等——」

無色不明白彩禍想做什麼，但總不能置之不理。他也蹬地躍向空中。

他滑行般沿著高不見頂的摩天大樓牆面不斷上升，再上升。

最後衝破厚厚的雲層，來到遼闊的上空。

「！這是——」

眼前的景象令他目瞪口呆。

腳下全是密密麻麻的摩天大樓，宛如插花用的劍山。

而頭頂上方——則是上下顛倒的大都會風景，同樣無邊無際地展開。

無色見過這景象——他和彩禍合體沒多久，對安維耶特使出第四顯現時，出現的就是這個。

在這片猶如巨獸獠牙的光景，彩禍悠哉地飄在空中，朝無色舉起魔杖。

「——結束了。」

話一說完，天上與地下兩座都市立刻像要咬碎無色般來襲。

「唔——！」

無色舉起魔杖，控制魔力，對自己身處的世界下令。

——然而，這個空間雖有一半是由無色的第四顯現所構成，對他的指令卻毫無反應。

彩禍得意地笑了。

「我就說結束了，『無色』。」

她話語中刻意強調無色的名字。

聽起來就像要報復自稱久遠崎彩禍的無色。

「你還真大膽，竟敢模仿我。不管原因為何，這份才能都值得讚揚。不過換個角度來說，也就只有這樣罷了。明明只會模仿還想打贏我，真是搞不清楚自己的斤兩。」

「啊————」

無色聽著自己喉嚨發出的優美嗓音。

意識逐漸被黑暗所吞噬。

◇

「————咦？」

不知不覺間。

無色發現自己坐在教室的座位上。

不是〈庭園〉中央校舍那種，而是一般普通的學校教室。

不，說普通——也不太對。因為窗外一片潔白，什麼景物都沒有。就像在空無一物的世界中單獨浮現了一間教室。

「這是哪裡……不，更要緊的是……」

失去意識前的記憶隔了一下才逐漸恢復過來。無色低頭看向自己的手。

「對了，我被未來的彩禍小姐攻擊……」

無色說到一半停了下來。

原因很簡單。因為他看見的不是彩禍的手，而是變回了自己原本的手。

變回來的當然不只手。無論眼皮下瞧見的身體，還是指腹觸摸到的五官，全都恢復成無色自己的。看來在他失去意識期間發生了存在變換。

不，這裡說不定是死後的世界。如果真有那種地方，無色靈魂的外觀確實不會是彩禍的模樣。

「我……死了……嗎？」

無色無意識地喃喃自語。

但奇妙的是他並未感到悲傷或後悔，反而像個旁觀者，冷靜地聽著自己的聲音。

「……！」

然而下個瞬間，腦中閃過一個念頭，讓他感到無比心痛。

無色死了，就代表彩禍的肉體也跟著死亡——也就是說他讓未來的彩禍做了一個最壞的選擇。

「我……」

他怨恨自己的無能，握起拳頭捶打桌子。

沒想到——

「——不用那麼哀怨，你的人生還沒結束。」

「…………！」

下一秒響起的這道聲音讓無色吃驚地抬起頭。

他驚訝得心臟急速收縮，然而原因並不是突然被搭話，更不是對方說的內容。

——而是因為那是他熟悉的聲音。

「啊——」

無色瞪大眼睛，望向教室前方。

那兒有長長的黑板、講台和講桌。

而講桌上——悠哉地坐著一名少女。

「妳是——」

無色看見對方後啞然失語。

「——連我都敵不過她。就算找遍全世界，可能也找不到贏得了她的人。不過——」

少女朝無色緩緩伸出手。

「——容我再說一次。還好當時出現在我眼前的是你。」

◇

「…………」

久遠崎彩禍細細地吐了口氣，解除方才發動的第四顯現。

她頭上的第四片界紋消失，吞噬無色的都市獠牙也在同時消失不見，四周恢復成夜晚的宅第前院。

但她仍保留著第三顯現以下的界紋。雖說雙方的實力差距一目了然，那好歹也是她過去的肉身，在真正看見對方的屍體前都不能掉以輕心。

不過這麼做只是以防萬一。

她明確感受到那記攻擊成功了。過去的自己，以及與自己合而為一的玖珂無色，肯定已經死了。

失去世界王的世界若無人採取行動，很快就會開始崩解。彩禍得在那之前登上世界王的寶座。

「……到頭來還不只是說說而已？」

彩禍有些失望地喃喃自語。

但她隨即轉換想法——會失望就代表曾經有所期待。她認為這個詞不適合用在現在的自己身上。

不過，她確實感受到一股椎心之痛。畢竟無色也屬於這個她深愛的世界，是她本該拯救的人之一。

瑠璃也一樣。她十分敬愛彩禍，總是隨侍在過去的彩禍身邊，因此彩禍不得不解決她，但還是留了些時間讓她接受治療，以免她傷重身亡。要不然彩禍早在那時候就能和過去的自己一決勝負。

……不，事到如今再怎麼辯解也沒意義。彩禍有些自嘲地搖搖頭。

「……好了——」

接著——

彩禍環顧四周，搜尋過去的自己從第四顯現中解脫出來後陳屍何方——就在這一瞬間。

「——」

宅第前院忽然刮過一陣旋風。

旋風中央出現一道人影。

彩禍剎那間還以為那是過去的自己——但並不是。

站在那兒的是一名垂著頭的少年。

他有著淺色頭髮，以及一點也稱不上強壯的手腳。除此之外並沒有任何顯眼之處。

「什麼……？」

然而彩禍見到他後，狐疑地皺起眉頭。

這反應很正常。畢竟原本在場的只有彩禍、過去的彩禍，以及昏倒在庭院邊緣的侍從。

「……不，這是——」

但彩禍立即想到了一種可能性，警戒地盯著少年。

「——存在變換。隨著外在身體『死亡』，潛藏在內部的身體因而顯現出來了是嗎？」

「…………」

不知是對這句話有反應抑或只是出於偶然，少年——無色緩緩抬起頭。

他眼神空洞，看不出有無意識，愣愣地用那雙眼睛望著彩禍。

不過，彩禍不慌不忙地更加用力握緊魔杖。

是的，既然無色還活著，就代表過去的彩禍仍未完全死透。她可能因彩禍的攻擊呈假死狀態，但只要與之共享性命的無色還活著，那副身體就能潛藏在內部，等傷痊癒。

「抱歉，我雖然和你無冤無仇，但不能讓『我』繼續活下去。」

她說著便舉起魔杖——頭頂上再次出現第四片界紋。

「——我唯一能為你做的事，就是讓你和『我』享有同樣的死法。」

世界以彩禍為中心，瞬間改變了面貌。

一望無際的藍天，遍布在頭上與腳下的摩天大樓獠牙。

彩禍的第四顯現能夠創造出數不盡的景色，其中最接近她心靈原鄉的就是這個——扭曲的現代街景。

實際上，那些景色對彩禍而言不過是副產品罷了。

彩禍魔術的精髓在於——可能性的觀測與選擇。

亦即操控命運，達到理想未來的能力。

在這個領域中沒有人能勝過彩禍。

「第四顯現——【可能性的世界（Void garden）】。」

彩禍話一說完。

那些巨大的建築群便如野獸的血盆大口襲向無色。

無色沒有動。不，應該說他動不了。他就這樣靜靜地接受上下襲來的那波致命攻擊。

沒多久，上下兩排獠牙重合在一起，看似已將無色磨成粉碎。

然而——

「…………唔？」

下個瞬間，彩禍微微皺眉。

摩天大樓上下齧合後，中間卻開始出現細微的裂痕，接著堅實的外牆竟像沙子堆的城堡般逐漸崩解。

「什麼……？」

彩禍第一次見到這種現象，不禁睜大眼睛，難以理解發生了什麼事。

隨後，從坍塌的建築物中——

「————」

走出了毫髮無傷的無色。

「什……」

彩禍見到他，驚訝得說不出話。

會有這樣的反應很正常。

因為無色頭上如今冒出了一片形狀既像角又像刺的透明界紋。

「————」

——細緻，再細緻。

彷彿要將自己磨練到極致的感覺。

——擴大，再擴大。

彷彿要與世界融為一體的感覺。

無色已從彩禍變回原本的自己，在逐漸崩塌的瓦礫之中一心一意凝視著未來的彩禍。

他有股不可思議的感受。

用彩禍的身體施展魔術時也曾有過這種莫名的全能感。

但他現在用的不是彩禍的身體，無法使出彩禍的魔術。

是的，現在無色能用的——

只有「他自己的魔術」。

「啊啊——」

他本人當然從來沒用過魔術。

他的魔術是什麼樣子、有什麼功用、經過一番修練後能達到什麼境界——這一切他完全想像不到。

可是——

啊啊，可是——

在無色這名菜鳥魔術師的體內累積了本來不該有的豐富經驗。

存在著本來不該有的感受。

——最強魔術師，極彩魔女。

世界王，久遠崎彩禍。無色能切實感受到自己曾操控過她引以為傲的最強魔術。

接下來只要細心重現出來就行了。

只要做到這樣——

原本不存在於世上的玖珂無色的魔術（原創）便誕生了。

「——這樣啊，原來你也是魔術師。這魔術真古怪。」

飄在空中的彩禍瞇起眼睛說了。

「但那又如何？憑那脆弱的第一顯現能做什麼？」

這點無色自己也想問。他的術式才剛誕生，連他自己也不清楚那會是怎樣的形態。

然而，彩禍這個問題的答案——他早就決定好了。

「——可以拯救妳。」

「…………！」

聽見無色直截了當的回答，彩禍的眼神變得更加銳利。

「是我聽錯了嗎？你什麼不好說，偏偏說要——拯救我？」

彩禍從高處俯視無色，五彩雙眸顯露出輕蔑、憤怒，以及些許慌張。

無色緩緩抬起頭望向她。

「……彩禍小姐，妳的目的不是要取代『現在』的彩禍小姐，而是要防止世界崩毀……

對吧？」

「……那又怎麼樣？」

彩禍說完，無色豎起大拇指指向自己的胸口。

「那麼只要能改變那最糟的未來，就沒必要殺死現在的彩禍小姐。」

「少瞧不起人了。連我都無法逃離毀滅的命運，你要怎麼扭轉未來？」

「……是的，確實沒那麼容易，但至少可以確定……妳和現在的彩禍小姐之間有一項決定性的不同。」

「……是什麼？」

彩禍一臉狐疑地問。無色直直盯著她的臉回答：

「——她的生命中有無色（我）。

我一定會幫助彩禍小姐度過難關。

妳的到來讓我和彩禍小姐相遇。

妳的到來改變了命運。

所以——我絕不會讓妳一臉傷心地做出這種選擇……！」

「…………！」

聽見無色這麼說，彩禍一瞬間驚訝得忘了呼吸——隨即又皺起臉。

「少自大了。你不過是個在『我』瀕死時剛好在旁邊的平凡人。你沒見過天崩地裂的末日景象。你沒見過哀鴻遍野的絕望光景。你不明白在世界終結那天，眼見所愛之人一一死去是什麼滋味……！」

她以泫然欲泣的表情發出哀號般的叫喊聲。

「我並不會主張自己是對的，你要罵我心狠手辣也無所謂。即使如此——為了拯救世界，我仍要殺了你……！」

彩禍露出凶狠的目光瞪著無色。

無色回望著她說：

「——那麼我為了拯救妳，也只能將妳打倒了。」

「少在那邊……跟我開玩笑！」

彩禍大叫後，身後冒出無數摩天大樓與巨大尖塔。

那些建築物一同將尖端對準無色，射出威力驚人的魔力砲。

砲彈帶著絢爛光芒，每一擊都足以致命。

不計其數的砲彈宛如滂沱大雨朝無色襲來。

在這千鈞一髮的時刻，無色卻以莫名平靜的心情望著眼前景象。

「——用彩禍小姐的身體、彩禍小姐的魔術對付不了妳。

這是當然的，畢竟妳就是彩禍小姐本人。」

無色隔著面前的光雨望著彩禍，說了聲「但是」。

「我有一點——絕對不會輸給妳。」

儘管視野被彩虹色光芒占據，無色感覺自己思路越來越清晰。

若無色在此死去，未來的彩禍就會採取她先前說的方式拯救世界。

她知道這麼做會犧牲許多人的性命。

但為了拯救更多人，她寧願選擇割捨這些自己深愛的人們。

——無色不能讓彩禍做出這種事。

「第二顯現——」

在朦朧的意識中，自己喉嚨發出的聲音顯得特別鮮明。

無色頭頂上浮現了另一片透明的界紋。

「——【零至劍(Hollow edge)】——」

話音剛落，魔力就集中到他手中，形成一把劍。

那是一把宛如玻璃做的透明劍。

虛無縹緲得唯有在光照之下才能看見其存在。

「我絕對不會輸給妳的那件事——就是——」

然而，無色內心十分確定。

這把劍就是唯一能打倒最強魔女的武器——！

「——對彩禍小姐的愛——！」

面對洶湧而來的殺意。

無色舉起了細細的刀身與之對抗。

「——墜落吧，吾之幻影……！」

彩禍舉起第二顯現的魔杖，放聲大喊。

在她的號令下，那龐大得已不像光線的魔力之光排山倒海襲向無色。

那是極彩魔女的魔力集中之後射出的致命砲擊，普通人光是碰到就會屍骨無存。

若不事先展開第四顯現，魔力砲光是餘波就能摧毀周圍的景觀，可說是名符其實的必殺技。

——然而……

「…………！」

下個瞬間，彩禍不禁倒抽口氣。

會有這樣的反應，是因為無色彷彿要衝破眼前這片光波——隻身朝彩禍衝了過來。

「怎麼可能——」

他右手以水平突刺的姿勢握著一把透明的劍。

頭上的界紋也增加到兩片，宛如水面漾起波紋。

每片界紋各自看起來都像角又像刺。

但兩者連在一起卻有點像王冠。

「————」

沒發出聲響。

沒說一句話。

無色的劍就這麼刺進彩禍的胸口。

彩禍身體周圍有魔力罩保護，身上還穿著第三顯現的禮服。

那把劍卻穿透所有防護，毫無阻礙地貫穿了彩禍的身體。

「啊——」

彩禍無意識地微微叫出聲。

她並未感到疼痛，胸口也一滴血都沒流。

然而她手中的魔杖、身上的禮服乃至頭上發光的界紋，全像玻璃工藝品般破裂粉碎。

由彩禍魔力構成的顯現體隨即消失在空中，只留下閃亮的光點。

「————」

看著這幅夢幻景象，彩禍心中湧起一種莫名的感慨。

那不是屈辱，不是悔恨，也不是沒能拯救世界的絕望感。

——彩禍魔術的精髓在於可能性的觀測與選擇。

只要她發動第四顯現，任誰都無法從該法則中逃脫。

那麼，這樣的結果、這樣的結局意味著——

「…………哈！」

彩禍聽見自己的喉嚨發出笑聲。

「————…………！————」

在五彩斑斕的天空。

無色一心一意使出劍擊後，費了好大的勁才維持住差點停止的呼吸，以及差點消失的意識。

他不能就此昏迷，不能就此死去。

這是他第一次施展自己的魔術，反作用力使他全身疼痛不已，靠著對彩禍的心意撐了下來。

因此，無色直到頭上傳來一陣輕柔觸感才注意到「她」。

「咦——」

——彩禍正撫摸著無色的頭。

腦袋認知到這個事實後，他下意識地抬起頭。

下一秒映入眼簾的是——身上一絲不掛，臉上浮現溫柔笑容的彩禍。

「——既然你把話說得那麼滿，

就別讓『我』做出和我一樣的選擇喔。」

彩禍這麼說的同時。

天空以她為起點出現裂縫，眼前這座空間逐漸崩解。

「彩禍小——」

無色想喊她的名字，卻發不出聲音。

他的意識早已不堪負荷，開始變得朦朧，沉入黑暗之中。

King Propose
brilliant
colors witch

1

最後他耳中殘留的——

「——『我』就拜託你了，無色。」

只有彩禍這句話。

終章　未來（求婚）

無色再次醒來時所看到的景象，和自己初次來到〈庭園〉那天看到的一模一樣。

「——啊——」

寬敞的臥室、有頂篷的大床、復古風家具、厚厚的地毯。就連朝陽映照在地毯上形成的線條都一樣，完美重現了那天的場景。

這裡就是彩禍的臥室沒錯。無色有一瞬間還以為自己穿越回那天了。

但並不是。無色從床上坐起身，發現一項決定性的差異。

無色的身體如今呈現的並非彩禍的樣貌，而是他自己。

隨著意識越來越清醒，模糊的記憶也逐漸浮現。

自己身處的狀況、與未來彩禍的戰鬥，以及——

「……唔，未來的彩禍小姐呢——」

無色連忙想下床察看。

「——哦？你醒了啊？」

此時床的右側傳來這樣一句話。

「啊──」

突然被搭話令無色瞠目，轉頭一看。

只見黑衣坐在那兒的椅子上。

「…………！」

無色看到後瞪大眼睛，連滾帶爬地下了床。接著發出砰然巨響摔落在地，狠狠撞到頭。

「好痛……」

「何必那麼急呢？我又不會跑掉。」

黑衣說完聳了聳肩。

「…………」

無色一邊望著她一邊爬了起來，朝她單膝跪下。

──是的，宛如為公主效命的騎士一般。

「怎麼了？這麼鄭重，心境上產生了什麼變化嗎？」

黑衣疑惑地歪著頭問。

無色抬頭望著她，開口說道：

「──『謝謝妳，彩禍小姐』。」

「…………哦？」

聽見無色這樣稱呼自己，黑衣訝異地挑起眉毛。

他並沒有證據能證明這件事，但心中萌生了一股確信。

「這話還真奇怪，你怎麼會這麼認為？」

「我也不太知道為什麼……硬要說的話……應該是氣質吧？」

「呵……哈哈、哈哈哈哈哈——」

黑衣似乎感到很有趣，忍不住大笑。

「原來如此、原來如此……竟然會被你以這麼含糊的理由識破。真不愧是無色啊。」

她又笑了一會後，露出溫和的笑容望向無色。

「這種情況也能說好久不見……嗎？

——重新自我介紹一下。我是〈空隙庭園〉的學園長，久遠崎彩禍。做得好，無色。」

「是。」

彩禍向無色道謝。無色感到無比光榮，連忙低下頭。

但他隨即想起一件事，再次抬起頭。

「對了——妳的傷勢怎麼樣了？」

「不用擔心，『那副身體』現在正在修復中。」

聽見無色這麼問，黑衣——彩禍揮揮手回答。那奇特的描述方式令無色聽了微微歪頭。

「那副身體……？」

「對，嚴格來說昨天的身體和現在這副是不同的個體——兩者都是實驗用的人造人(Homunculus)。身體構造與人類極為相似，但不具備靈魂，簡單來說就像活體人偶一樣。這是做來當我萬一發生不測時可以用的靈魂避難所——也就是義骸，只是沒想到這麼早就派上用場。」

「人造人……」

無色呆愣地低語完，彩禍點頭說了聲「對」。

「只要我的身體還活著，襲擊者必定會再次來襲。因此我決定自稱久遠崎彩禍的侍從，徹底協助你抵禦敵人。

——抱歉，我本來也想早點對你坦承身分，但在搞清楚敵人全貌之前，覺得還是別太招搖比較好。」

「不會，沒關係——」

這時無色肩膀抖了一下。

——黑衣就是彩禍。剛剛也從本人口中證實了這點。

從這觀點看來，無色與彩禍合體、被帶來〈庭園〉之後所發生的所有事，全都有了不同的意義。

未來

比方說那時候，還有那時候——

換言之，無色一直用彩禍的身體和彩禍本人相處。

「…………」

「你怎麼了？」

「我在想幸福真的就在身邊呢。」

「……你到底怎麼了？」

彩禍皺起眉頭，歪了歪頭。

不過她似乎認為再怎麼想也沒用，從椅子上站了起來。

「——無色，再次謝謝你，你真的幫了我很多。這不是開玩笑，要是沒有你，我早就死了……我作夢也沒想到未來的自己竟會特地穿越時空跑來刺殺我。」

彩禍自嘲地聳了聳肩，這麼說道。

無色聞言，忽然想起什麼似的抬起頭。

「對了，所以未來的彩禍小姐到底怎麼樣了？我後來昏了過去……」

他這樣說完，彩禍便垂下視線。

「——她就這麼消失了，我想可能撒手人寰了吧。」

「……！難道是我——」

彩禍抬起手打斷無色的話，緩緩搖頭。

「她說未來世界會毀滅……對吧？世界王與世界是一體的，她可能本來就命不久矣。這不是你的問題，千萬別感到自責。」

她以強勢的語氣說完，像是要讓無色安心似的展露笑容。

「不過可以確定，既然你活了下來，就代表你取得了勝利。——儘管感到驕傲吧。雖說這是多種條件交互作用下的結果，你終究超越了我。」

「……！什麼超越，我當時只是一時衝動，完全搞不清楚狀況……」

「哈哈，一時衝動就打倒了我，看來我得卸下世界最強的頭銜了。」

彩禍半開玩笑地笑道。無色聽了更加惶恐地縮起肩膀。

接著彩禍再度露出微笑，輕輕嘆了口氣。

「——言歸正傳。你是拯救這世界的功臣，我也想好好報答你。本來應該給你獎賞，讓你回去『外面』才對。」

彩禍說了聲「然而」。

「很遺憾，事情沒這麼簡單，畢竟我倆的身體仍融合在一起。

更重要的是，未來的『我』留下了一則棘手的預言——在不久的將來，這世界將會毀滅。而且沒有透露任何具體資訊。

抱歉這麼說有點自私，我現在還不能放你走——至少要等到我倆的身體分開，而我也回到原本的身體才行。」

彩禍以高高在上卻又有些歉疚的態度說道。

無色輕輕搖了搖頭。

「我和未來的彩禍小姐約好，一定要拯救這世界——要是妳在這時免除我的職務，我反而會生氣呢。」

「無色——」

聽見無色毫不猶豫的回答，彩禍一瞬間面露驚訝，但隨即轉換想法般垂下視線並搖頭。

「唉……也對，你就是這樣的人。真是的——你真該多珍惜自己一點。」

彩禍嘴上這麼說，表情卻有些開心，說完便睜大眼睛。

然後凝視無色的雙眼，繼續說道：

「——那麼，玖珂無色聽命。」

「是。」

「你將作為我的半身，持續拯救世界，直到我倆身體分離為止。」

「咦，我不要。」

「…………」

聽見無色一口回絕，彩禍冒出冷汗。

「……都說到這樣了，你應該接受吧？」

「『直到身體分離為止』這句是多餘的。」

無色說完，彩禍「……哦？」了一聲揚起眉毛。

「原來如此。既然你有這麼強的決心，我的顧慮反倒是對你的侮辱。」

彩禍說著再度直視無色的眼睛，朝他伸出手。

「──將你的一切交付給我，和我一起拯救世界吧。」

「樂意之至。」

無色毫不猶豫地說完，握住彩禍的手。

「說是報酬好像也不太對，但若有一天世界的危機解除，而我們的身體也得以分離，我有一個請求。」

「哦？什麼請求？說來聽聽。」

彩禍興致盎然地瞇起眼睛問道。

無色專注地回望她，繼續說下去。

「──請容我向妳求婚。」

聽見無色這麼說──

「……還以為你要說什麼呢。」
彩禍先是睜大眼睛，而後臉上浮現微笑。
「——好啊，我很期待喔。」

後記

初次見面，抑或很榮幸能再次見面，我是橘公司。

這次為大家獻上新作《王者的求婚　極彩魔女》。每次展開新系列總教人興奮得心跳加速，希望大家會喜歡。

寫完約會就來寫求婚吧！……事實上不是這樣，中間經過一番曲折才決定用這個標題。下次新作的標題可能就是「見家長」了。

我從前年開始構思本作，在剛開始提企劃時，我就和責編討論：「既然要寫新作，就算故事是王道走向，我也要加一項特別的要素進去。」

結果男女主角就合體了。

而且寫著寫著，男主角也變成一個有點怪的人。

他妹妹可能也有點怪。

不是說好只加入一項要素嗎！

後記

這次也是受到許多人幫助才得以出版本作。

本作的插畫繼前作《約會大作戰DATE A LIVE》後，再度請到つなこ老師作畫。這次的插畫也很棒，彩禍大人實在太美了。

不僅如此，封面設計也是繼《約會大作戰》之後再度請到草野剛老師。簡潔時尚的設計這次同樣引人注目。

而責編當然也沒變，可說是《約會大作戰》團隊再度集結之作。雖然我們其實也沒有解散，但感覺起來就是這麼回事。

此外我也由衷感謝編輯部的諸位，以及業務、出版、通路、銷售等環節的相關人士，還有正在閱讀本書的你。

如各位所見，封面有個醒目的數字「1」，看來非出續集不可了。偷偷說一下，我曾緊張地問責編：「這樣設計要是出不了第二集，那個1豈不是就會變成謎之分隔線了……？」

因此，希望下次能在《王者的求婚》第二集與各位相會。

二〇二一年八月　橘　公司

DATE A LIVE ENCORE 10
橘公司
Koushi Tachibana
約會大作戰
DATE A LIVE
ENCORE
安可短篇集
10
Kadokawa Fantastic Novels

約會大作戰DATE A LIVE 官方極祕解說集 1~2

Kadokawa Comics Illustration

編輯：Fantasia文庫編輯部　原作：橘公司　插畫：つなこ

《約會大作戰》官方解說集再次登場！
精靈情報＆橘公司×つなこ訪談＆珍藏短篇！

《約會大作戰》官方解說集第二彈！內容包括於作品後半登場的精靈們的能力值和天使設定，以及所有精靈生日等獨家新情報。還有橘公司×つなこ的雙人訪談、原作者挑選出《安可》系列中的十大排行等！這次也毫不吝惜地完全收錄各種珍藏短篇！

各 **NT$230~260/HK$70~87**

約會大作戰 1~22（完）

Kadokawa Fantastic Novels

作者：橘公司　插畫：つなこ

戰爭將再次碰上故事起始的命運之日——
新世代男女青春紀事即將完結！

在精靈本應消失的世界出現一名神祕的精靈〈野獸〉。五河士道賭上性命，嘗試與對自己表現出執著的神祕少女對話。曾經身為精靈的少女們也為了實現士道的決心，毅然決然齊聚戰場。與精靈約會，使她迷戀上自己——這便是過往累積至今的一切。

各 **NT$200~260/HK$55~87**

魔法★探險家
轉生為成人遊戲萬年男二又怎樣，我要活用遊戲知識自由生活 1~4 待續

Kadokawa Fantastic Novels

作者：入栖　插畫：神奈月昇

瀧音加入了月讀魔法學園的三會，魔探世界與瀧音的命運發生劇變！

一年級便獨自攻略迷宮第四十層的瀧音受邀加入月讀魔法學園中執掌最大權力的三會，他為了支援諸位女角而忙碌奔波。他注意到聖伊織的義妹結花身上發生異狀？本來應是輕鬆就能解決的事件——然而，故事朝著瀧音也不知道的新路線產生分歧？

各 **NT$200~220/HK$67~73**

噬血狂襲 1~22（完）

Kadokawa Fantastic Novels

作者：三雲岳斗　插畫：マニャ子

世界最強吸血鬼的學園動作奇幻小說，
終於堂堂迎來本篇完結！

夏夫利亞爾．連壓制異境，得到咎神該隱的真正遺產眷獸彈頭。為了封閉通往異境的「門」，日本政府決議摧毀絃神島。雪菜被派往基石之門最底層，對於要讓絃神島沉沒一事感到苦惱，卻還是打算履行任務。而取回吸血鬼之力的古城擋到她面前！

各 **NT$180~280/HK$50~93**

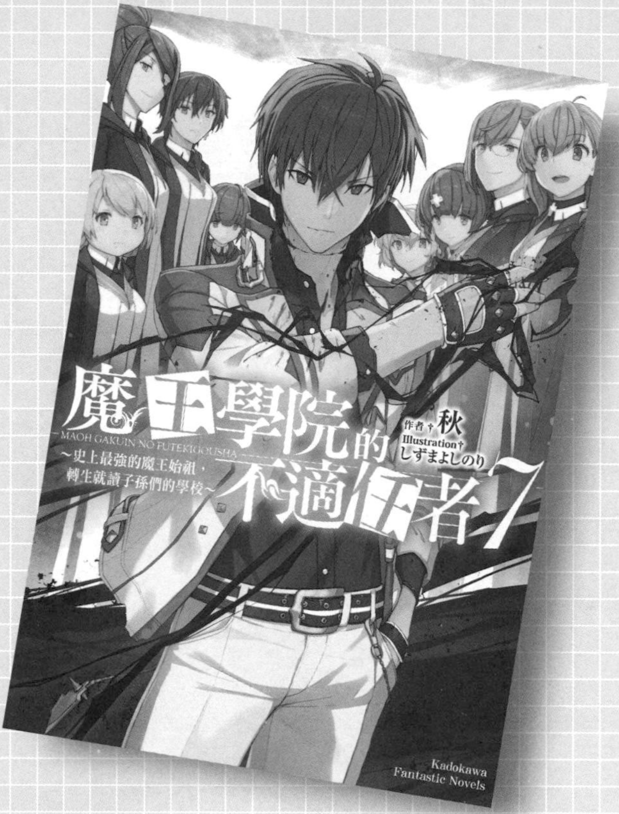

魔王學院的不適任者～史上最強的魔王始祖，轉生就讀子孫們的學校～ 1~7 待續

Kadokawa **Fantastic** Novels

作者：秋　插畫：しずまよしのり

魔王學院第七章〈阿蓋哈的預言篇〉開幕！
阿諾斯遇見了一名沒有未來、即將成為祭品的龍人！

覆蓋地底世界的天蓋，經由全能者之劍變成不滅的存在了。脫離秩序的這個岩塊，最終注定會化為震雨落在地底世界全境上，將生活在那裡的一切生命壓死。為了得到阻止慘劇的線索，阿諾斯等人前往「預言者」所治理的騎士之國阿蓋哈——

各 **NT$250~320/HK$83~107**

Silent Witch 沉默魔女的祕密 1 待續

Kadokawa Fantastic Novels

作者：依空まつり　插畫：藤実なんな

「這本輕小說真厲害！2022」單行本部門第2名
極度怕生的最強魔女充滿反差萌♥

「沉默魔女」莫妮卡・艾瓦雷特是世上唯一的無詠唱魔術師，曾獨自擊退傳說的黑龍！其實她的本性怕生到無法在人前開口!?她卻獲選為「七賢人」，還被硬塞了護衛第二王子的極祕任務？有社交恐懼症的天才魔女，展開痛快無比的奇幻冒險劇！

NT$220/HK$73

魔法科高中的劣等生 1~32（完）

Kadokawa Fantastic Novels

作者：佐島 勤　插畫：石田可奈

魔法校園本傳故事堂堂完結！
最強魔法師達也與最強敵手光宣展開決戰！

為了水波，名副其實成為「最強魔法師」的達也，與擁有妖魔與亡靈之力而成為「最強敵手」的寄生物光宣，將在東富士演習場激戰！另一方面，就讀魔法科高中三年，達也與深雪風波不斷的高中生活也終將落幕。兩人戀情的結果是——

各 **NT$180~280/HK$50~80**

我與她的遊戲戰爭 1~7 待續

Kadokawa Fantastic Novels

作者：師走トオル　插畫：八寶備仁

在強敵環伺的電玩大賽中，
岸嶺隱藏的力量將會覺醒！

夏天是玩家們最熱血的季節。岸嶺感覺自己的實力比起其他社員尚嫌不足，於是決定向遊戲測試打工認識的電競選手求教；而過去曾與岸嶺等人較勁過的冠軍得主率領一支強力團隊，也來參加了這場大賽——

各 **NT$200~240/HK$65~80**

國家圖書館出版品預行編目資料

王者的求婚. 1, 極彩魔女/橘公司作 ; 馮鈺婷譯
. -- 初版. -- 臺北市 : 臺灣角川股份有限公司,
2022.09
面 ; 公分. -- (Kadokawa fantastic novels)
譯自 : 王様のプロポーズ : 極彩の魔女
ISBN 978-626-321-775-1(平裝)

861.57 111011174

Kadokawa
Fantastic
Novels

王者的求婚 1 極彩魔女

（原著名：王様のプロポーズ 極彩の魔女）

2022年9月26日 初版第1刷發行
2023年7月27日 初版第2刷發行

作　者：橘公司
插　畫：つなこ
譯　者：馮鈺婷
發行人：岩崎剛人
總編輯：蔡佩芬
編　輯：孫千棻
美術設計：宋芳茹
印　務：李明修（主任）、張加恩（主任）、張凱棋
發行所：台灣角川股份有限公司
地　址：104台北市中山區松江路223號3樓
電　話：(02) 2515-3000
傳　真：(02) 2515-0033
網　址：www.kadokawa.com.tw
劃撥帳戶：台灣角川股份有限公司
劃撥帳號：19487412
法律顧問：有澤法律事務所
製　版：巨茂科技印刷有限公司
ISBN：978-626-321-775-1